Ernst Heinrich Philipp August Haeckel

Die Kalkschwämme

Eine Monographie

Ernst Heinrich Philipp August Haeckel

Die Kalkschwämme
Eine Monographie

ISBN/EAN: 9783744637718

Hergestellt in Europa, USA, Kanada, Australien, Japan

Cover: Foto ©Andreas Hilbeck / pixelio.de

Weitere Bücher finden Sie auf **www.hansebooks.com**

DIE

KALKSCHWÄMME.

EINE MONOGRAPHIE

IN ZWEI BÄNDEN TEXT UND EINEM ATLAS MIT 60 TAFELN ABBILDUNGEN

VON

ERNST HAECKEL.

—— –

DRITTER BAND
(ILLUSTRATIVER THEIL).
ATLAS DER KALKSCHWÄMME.

BERLIN.
VERLAG VON GEORG REIMER.
1 8 7 2.

ATLAS

DER

KALKSCHWÄMME

(CALCISPONGIEN ODER GRANTIEN)

VON

ERNST HAECKEL

DOCTOR DER PHILOSOPHIE UND MEDICIN, ORDENTLICHEM PROFESSOR DER ZOOLOGIE
UND DIRECTOR DES ZOOLOGISCHEN INSTITUTS UND DES ZOOLOGISCHEN MUSEUMS
AN DER UNIVERSITÄT JENA.

SECHZIG TAFELN ABBILDUNGEN NEBST ERKLÄRUNG.

BERLIN.
VERLAG VON GEORG REIMER.
1872.

Inhaltsverzeichniss
des dritten Bandes.

Atlas der Kalkschwämme.

Zweite Abtheilung.

L e u c o n e s.

Tafel 21 — 40.

Dritte Abtheilung.

S y c o n e s.

Tafel 41—60.

Übersicht der 21 Genera des natürlichen Systems.

(Vergl. p. 84 und 85 des ersten Bandes, oder p. 8 und 9 des zweiten Bandes).

NB. Sämmtliche Abbildungen von Skelet-Theilen, sowie die meisten Abbildungen von Weichtheilen, sind möglichst sorgfältig mittelst der Camera lucida vom Verfasser gezeichnet. Die Ausführung der Figuren in Kupferstich und Lithographie ist leider nicht immer nach Wunsch gelungen. Ursprünglich hatte den Kupferstich sämmtlicher Tafeln Herr Wagenschieber in Berlin übernommen. Leider wurde dieser treffliche Künstler, welchem die illustrative Zoologie so viele vorzügliche Darstellungen verdankt, vom Tode ereilt, nachdem er kaum acht Tafeln vollendet hatte.

Erklärung der Tafel I.

Familie: Ascones.

Genus: Ascetta.

Species:
Ascetta primordialis.

(Anatomie.)

Tafel 1.

Ascetta primordialis (System p. 16).

Fig. 1. Eine solitäre geschlechtsreife Person mit nackter Mundöffnung (*Olynthus primordialis*). Rechts ist ein Stück aus der Körperwand ausgeschnitten, um die Einsicht in die Magenhöhle zu eröffnen. Rechts am Rande ist der Längsschnitt der Magenwand sichtbar. *e* Exoderm. *i* Entoderm. *o* Osculum. *g* Eier. *p* Poren. (Loch-Canäle oder Poral-Tuben). Vergrösserung 100.

Fig. 2. Ein Stück Exoderm, mit zwei Hautporen (*p*). Das Syncytium (*e*) enthält viele Kerne (*d*), von denen einzelne in Theilung begriffen sind. *t* Reguläre Dreistrahler. *t,* Jugendform der regulären Dreistrahler. *t,,* Centralkorn, *t,,,* Centralfaden in den Schenkeln der Dreistrahler. Vergrösserung 700.

Fig. 3. Ein Stück Exoderm, mit Essigsäure und Carmin behandelt. Der Kalk ist aus den Dreistrahlern ausgezogen und ihre Scheiden (o) sind zurückgeblieben. *d* Kerne des Syncytium (e). Vergrösserung 700.

Fig. 4—6. Drei Stückchen des Syncytium, welche durch Zerzupfen des lebenden Exoderm mit Nadeln isolirt sind, und welche langsame amoeboide Bewegungen ausführen. Fig. 4. Ein Stückchen Sarcodine ohne Kern (vom Werth einer Cytode). Fig. 5 Ein Stückchen Sarcodine mit einem Kerne (vom Werth einer Zelle). Fig. 6. Ein Stückchen Sarcodine mit zwei Kernen (vom Werth einer Zell-Fusion). Vergr. 700.

Fig. 7. Ein Stück Magenwand, von der Gastralfläche gesehen, mit zwei Poren (*p*). Die Geisselzellen (*i*) stehen isolirt neben einander auf dem Exoderm (*e*); dazwischen liegen zerstreut die beiderlei Sexualzellen, die männlichen Spermazellen (*z*) in Gruppen von 4—8, und die einzelnen weiblichen Eizellen (*g*). Vergrösserung 350.

Fig. 8. A—I. Neun einzelne Geisselzellen des Entoderm. A—C. Drei Geisselzellen in der gewöhnlichen Form, oben mit cylindrischem Kragen, aus dessen Höhle die lange Geissel hervortritt. D—F. Drei Geisselzellen in etwas veränderter Form, mit beginnender Verwandlung in amoeboide Zellen. G—I. Drei Geisselzellen in amoeboide Zellen verwandelt. Vergrösserung 700.

Fig. 9. Drei isolirte Spermazellen oder Zoospermien. Vergrösserung 1600.

Fig. 10—12. Drei isolirte Eizellen. Die grössere Eizelle Fig. 10 und die kleinere Eizelle Fig. 11 kriechen frei wie Amoeben mit formwechselnden Fortsätzen umher. Beide Eizellen sind aus dem Exoderm entnommen, in welches sie aus dem Entoderm (ihrer ursprünglichen Bildungsstätte) hineingekrochen waren. Das rundliche Ei Fig. 12, welches zwischen den Geisselzellen des Entoderm lag, befindet sich im Ruhezustande. Vergrösserung 700.

Erklärung der Tafel 2.

Familie: Ascones.

Genus: Ascetta.

Species:

Ascetta primordialis.

(Polymorphose.)

1 *

Tafel 2.

Ascetta primordialis (System p. 16).

Fig. 1. **Olynthus primordialis.** Eine einzelne Person mit nackter Mundöffnung. Vergrösserung 8.

Fig. 2. **Clistolynthus primordialis.** Eine einzelne Person ohne Mundöffnung. Vergrösserung 8.

Fig. 3. **Soleniscus primordialis.** Ein Stock mit lauter nacktmündigen Personen. Vergrösserung 4.

Fig. 4. **Tarrus primordialis.** Ein Stock mit mehreren einmündigen Personen-Gruppen. Vergrösserung 4.

Fig. 5. **Nardorus primordialis.** Ein Stock mit einer einzigen gemeinsamen nackten Mundöffnung. Vergrösserung 4.

Fig. 6. Derselbe *Nardorus*-Stock im Längsschnitt. Vergrösserung 4.

Fig. 7. Ein anderer *Nardorus*-Stock, mit sehr engen Pseudoporen an der Oberfläche. Vergrösserung 4.

Fig. 8—16. **Auloplegma primordiale.** Stöcke ohne alle Mundöffnungen, ein lockeres oder engeres Flechtwerk von geschlossenen fein-porösen Röhren bildend.

Fig. 8. Ein becherförmiges *Auloplegma* mit Pseudogaster und Pseudostom (*Pseudonardus*), an der Oberfläche mit sehr feinen und regelmässig vertheilten Pseudoporen, im System auf p. 21 und 22 beschrieben. Vergrösserung 4.

Fig. 9. Derselbe *Auloplegma*-Stock (*Pseudonardus*-Form) im Längsschnitt. Die grosse centrale Höhle ist die Pseudogaster, welche sich oben durch das Pseudostom öffnet. Die Wand ist von Gastrocanälen und Intercanälen durchzogen. Vergrösserung 4.

Fig. 10. Ein anderer, polsterförmiger *Auloplegma*-Stock (*Pseudonardus*-Form) mit enger stehenden regelmässigen Pseudoporen der Oberfläche. Vergrösserung 2.

Fig. 11. Derselbe *Auloplegma*-Stock (*Pseudonardus*-Form) im Längsschnitt. In die grosse centrale Höhle (Pseudogaster), welche sich oben durch das Pseudostom öffnet, münden viele enge, centrifugal verästelte Intercanäle. Vergrösserung 2.

Fig. 13. Ein kissenförmiger *Auloplegma*-Stock, dessen Pseudoporen an der Oberfläche theils lange enge Spalten, theils kleine runde Löcher sind. Vergrösserung 2.

Fig. 14. Ein weisser *Auloplegma*-Stock mit unregelmässigen Pseudoporen, der die Zwischenräume zwischen den gegitterten Lamellen einer rothen Retepora phoenicea ausfüllt. Vergrösserung 2.

Fig. 15. Ein *Auloplegma*-Stock von dem Aussehen eines massiven Klumpens. Vergrösserung 2.

Fig. 16. Derselbe *Auloplegma*-Stock im Längsschnitt. Vergrösserung 2.

Fig. 17. **Ascometra primordialis.** Ein Stock, welcher aus verschiedenen Gattungsformen des künstlichen Systems zusammengesetzt ist: an der Basis ein mundloses Röhrengeflecht (*Auloplegma*), links einzelne nacktmündige Personen (*Olynthus*), in der Mitte mehrere einmündige Stöcke (*Nardorus*), rechts mehrere Stöcke mit nacktmündigen Personen (*Soleniscus*). Vergrösserung 4.

Erklärung der Tafel 3.

Familie: Ascones.

Genus: Ascetta.

Species:

Ascetta coriacea.

(Polymorphose.)

Tafel 3.

Ascetta coriacea (System p. 24).

(Alle Figuren sind viermal vergrössert.)

NB Diese Tafel blieb leider im Kupferstiche unvollendet, da der treffliche Kupferstecher Wagenschieber während ihrer Ausführung starb. Daher sind mehrere Figuren unvollständig ausgeführt.

Fig. 1. **Olynthus coriaceus.** Neun einzelne Personen mit einfacher nackter Mundöffnung.

Fig. 2. **Olynthella coriacea.** Zwei einzelne Personen mit rüsselförmiger Mundöffnung.

Fig. 3. **Clistolynthus coriaceus.** Drei einzelne Personen ohne Mundöffnung.

Fig. 4—8. **Soloniscus coriaceus.** Stöcke mit lauter nacktmündigen Personen. Fig. 4. Sechs monoblaste Stöcke mit je zwei Mündungen. Fig. 5. Ein monoblaster Stock mit drei Mündungen (Beginnende Tarrus-Form). Fig. 6. Vier monoblaste Stöcke mit mehreren Mündungen. Fig. 7. Ein monoblaster traubenförmiger Stock mit zehn nacktmündigen Personen. Fig. 8. Ein polyblaster Stock, durch Verschmelzung von zwei nacktmündigen Personen entstanden.

Fig. 9—14. **Tarrus coriaceus.** Stöcke, deren Personen sich gruppenweise durch je eine gemeinsame, nackte Mündung öffnen. Alle diese Stöcke sind polyblast, durch Concrescenz aus mehreren Nardorus-Stöcken entstanden.

Fig. 15—18. **Tarropsis coriacea.** Stöcke, deren Personen sich gruppenweise durch je eine gemeinsame, rüsselförmige Mündung öffnen. Diese Stöcke sind theils monoblast, theils polyblast, durch Concrescenz aus mehreren Nardopsis-Stöcken entstanden. Fig. 14 und 18 sind Verticalschnitte durch flache polsterförmige Stöcke.

Fig. 19. **Ascometra coriacea.** Ein Stock, welcher Repräsentanten verschiedener künstlicher Gattungsformen auf sich vereinigt trägt. Aus einem polsterförmigen mundlosen Röhrengeflecht (*Auloplegma*) erheben sich theils nacktmündige, theils rüsselmündige Personen-Gruppen (*Tarrus*, *Tarropsis*). Diese Figur ist verunglückt.

Fig. 20. **Solenula coriacea.** Ein Stock mit lauter rüsselmündigen Personen. Diese Figur ist gleich der vorigen verunglückt.

Fig. 21—24. **Nardorus coriaceus.** Einmündige Stöcke mit einer einzigen gemeinsamen nackten Mundöffnung. 21. Vier monoblaste Nardorus-Stöcke. 22. Ein monoblaster Nardorus-Stock. 23. Zwei monoblaste Nardorus-Stöcke. 24. Sechs polyblaste Nardorus-Stöcke, jeder mit zwei Wurzeln.

Fig. 25, 26. **Nardopsis coriacea.** Zwei einmündige Stöcke, mit einer einzigen, gemeinsamen, rüsselförmig verlängerten Mundöffnung.

Fig. 27—33. **Auloplegma coriaceum.** Stöcke ohne alle Mundöffnungen. Fig. 27, 28. Zwei netzförmige Stöcke, deren Röhren in einer Fläche liegen. Fig. 29, 30, 32. Drei polsterförmige Stöcke, deren Röhren in mehreren Flächen liegen (29 von der Fläche, 32 von der Seite, 30 im Verticalschnitt). Fig. 31. Ein polsterförmiger Stock mit plattgedrückten und blasenförmig aufgetriebenen Röhren. Fig. 33. Ein polsterförmiger Stock im Verticalschnitt, der durch Concrescenz vieler birnförmiger mundloser Stöcke entstanden ist.

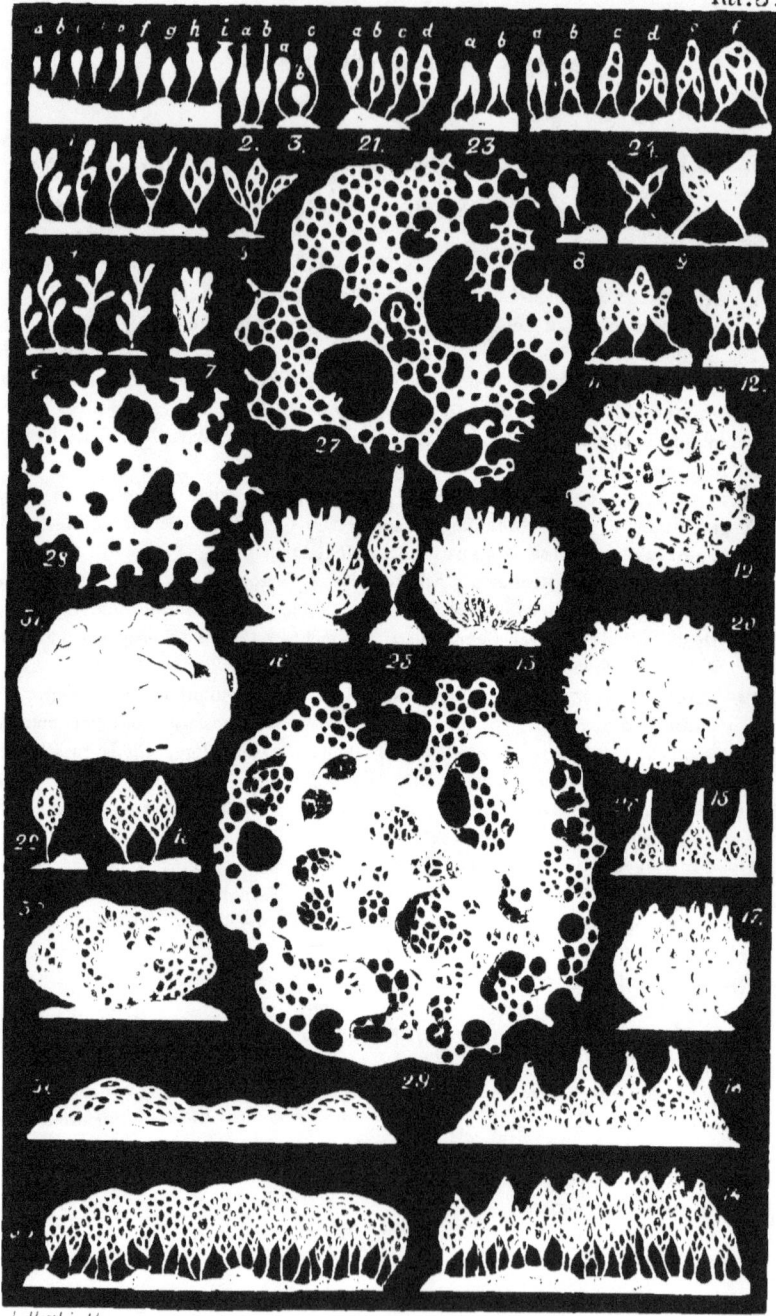

Erklärung der Tafel 4.

Familie: Ascones.

Genus: Ascetta

Species:
Ascetta clathrus.

(Polymorphose und Ontogenie.)

Tafel 4.

Ascetta clathrus (System p. 30).

Fig. 1. **Ascetta labyrinthus** (*Ascetta clathrus*, *var. labyrinthus*).
Ein mundloser polyblaster Stock (*Auloplegma*), welcher aus vielen ursprünglich getrennten mundlosen Stöcken zusammengewachsen ist. Die Wurzeln oder basalen Ansatzstellen einzelner dieser Stöcke sind oben bei *a* sichtbar. Die blasenförmig aufgetriebenen Röhren des Geflechts sind inwendig leer, ohne Scheidewände und Fächer. Natürliche Grösse.

Fig. 2. **Ascetta clathrina** (*Ascetta clathrus*, *var. clathrina*).
Ein mundloser polyblaster Stock (*Auloplegma*), welcher aus vielen ursprünglich getrennten mundlosen Stöcken durch Concrescenz entstanden ist. Die Wurzeln oder basalen Ansatzstellen einzelner dieser Stöcke sind bei *a* sichtbar. Die plattgedrückten glatten Röhren des Geflechts sind inwendig durch Scheidewände in Fächer abgetheilt (Fig. 4, 5). Natürliche Grösse.

Fig. 3. **Ascetta mirabilis** (*Ascetta clathrus*, *var. mirabilis*).
Ein mundloser polyblaster Stock (*Auloplegma*), welcher in der unteren Hälfte aus einem Stock von *Ascetta labyrinthus* (Fig. 1), in der oberen Hälfte aus einem Stock von *Ascetta clathrina* (Fig. 2) zusammengesetzt ist. Beide Stöcke gehen plötzlich und unvermittelt in einander über. Bei *a* sind oben die Wurzeln oder Ansatzstellen einzelner, ursprünglich selbstständiger Stöcke sichtbar. Natürliche Grösse.

Fig. 4. Einige anastomosirende Röhren (Personen) aus dem Geflecht des Stockes Fig. 2. Die Höhlung (*v*) der Röhren (Magenhöhle) ist durch Scheidewände in Fächer abgetheilt, in denen sich die Embryonen (*b*) entwickeln. *i* Entoderm. *e* Exoderm. *k* Intercanal-Räume. Vergrösserung 12.

Fig. 5. Eine Röhre (Person) aus dem Geflecht des Stockes Fig. 2. *v* Magenhöhle. *i* Entoderm. *e* Exoderm. *c*, Scheidewände. *b* Embryonen. Vergrösserung 120.

Fig. 6. Ein Embryo, welcher nachher als Flimmerlarve ausschwärmt (*Planogastrula*). Das feine Netz der Oberfläche bilden die polyedrischen Grundflächen der Geisselzellen des Exoderm. Vergrösserung 400.

Fig. 7. Derselbe Embryo (*Planogastrula*), im optischen Längsschnitt. *v* Magenhöhle. *i* Entoderm. *e* Exoderm. Vergrösserung 400.

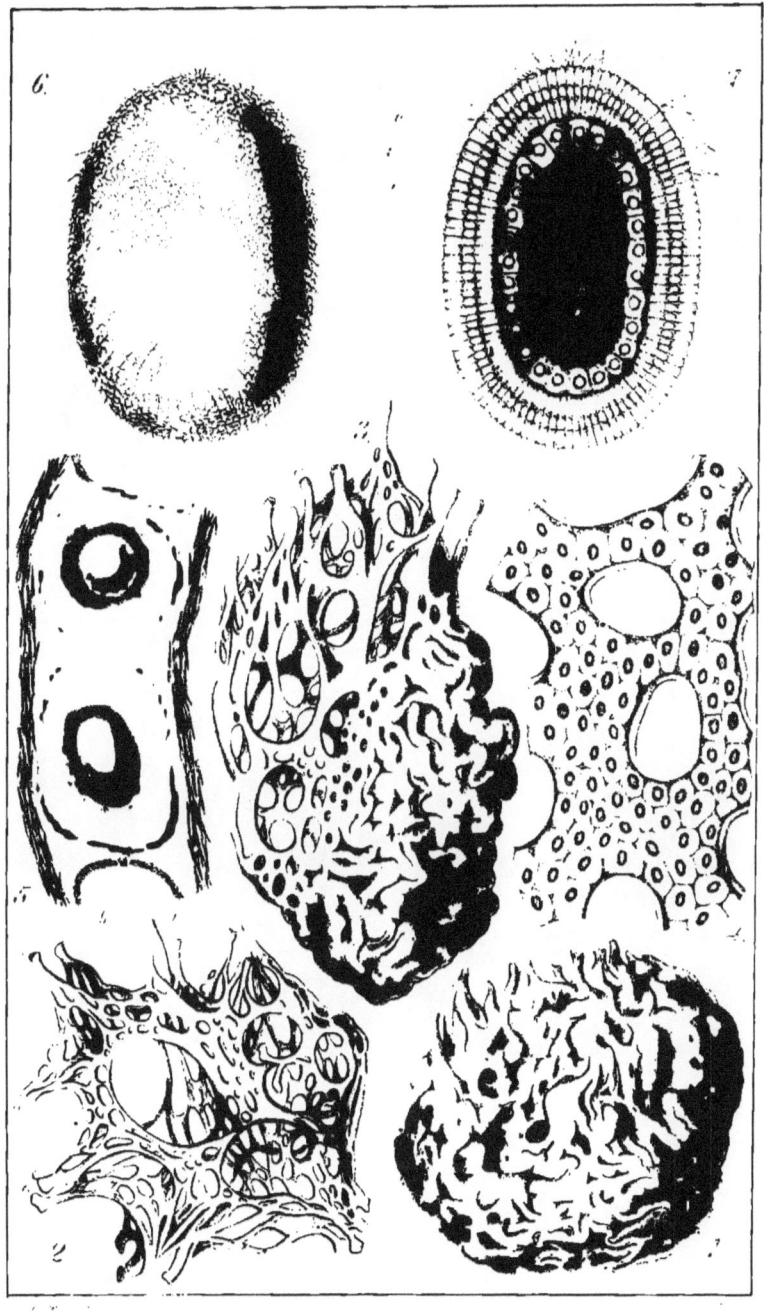

Erklärung der Tafel 5.

Familie: Ascones.

Genus: Ascetta.

Species:

A. primordialis. A. coriacea. A. clathrus. A. sceptrum.
A. blanca. A. vesicula. A. sagittaria. A. flexilis.

(Spicula des Skelets.)

Tafel 5.

Spicula des Genus Ascetta.

Alle Figuren sind 400mal vergrössert.

Fig. 1. **Ascetta primordialis** (System p. 16).
  1a—1c. Drei junge Spicula.
  1d. Ein ausgebildetes Spiculum der Varietät *dictyoides*.
  1e. Ein ausgebildetes Spiculum der Varietät *protogenes*.
  1f—1g. Zwei ausgebildete schlanke Spicula aus dem Inneren des Auloplegma-Stockes auf Taf. 2, Fig. 8, 9 (Varietät *poterium*).
  1h, 1i. Zwei ausgebildete plumpe Spicula von der äusseren Oberfläche desselben Auloplegma-Stockes (Varietät *poterium*).

Fig. 2. **Ascetta coriacea** (System p. 24).
  2a—2c. Drei ausgebildete Spicula.

Fig. 3. **Ascetta clathrus** (System p. 30).
  3a—3c. Drei junge Spicula.
  3d—3f. Drei ausgebildete Spicula.

Fig. 4. **Ascetta sceptrum** (System p. 37).
  4a—4c. Drei ausgebildete Spicula.

Fig. 5. **Ascetta blanca** (System p. 38).
  5a—5c. Drei ausgebildete Spicula.

Fig. 6. **Ascetta vesicula** (System p. 41).
  6a—6c. Drei ausgebildete Spicula.

Fig. 7. **Ascetta sagittaria** (System p. 42).
  7a—7c. Drei junge Spicula.
  7d—7f. Drei ausgebildete Spicula.

Fig. 8. **Ascetta flexilis** (System p. 43).
  8a—8c. Drei junge Spicula.
  8d—8f. Drei ausgebildete Spicula.

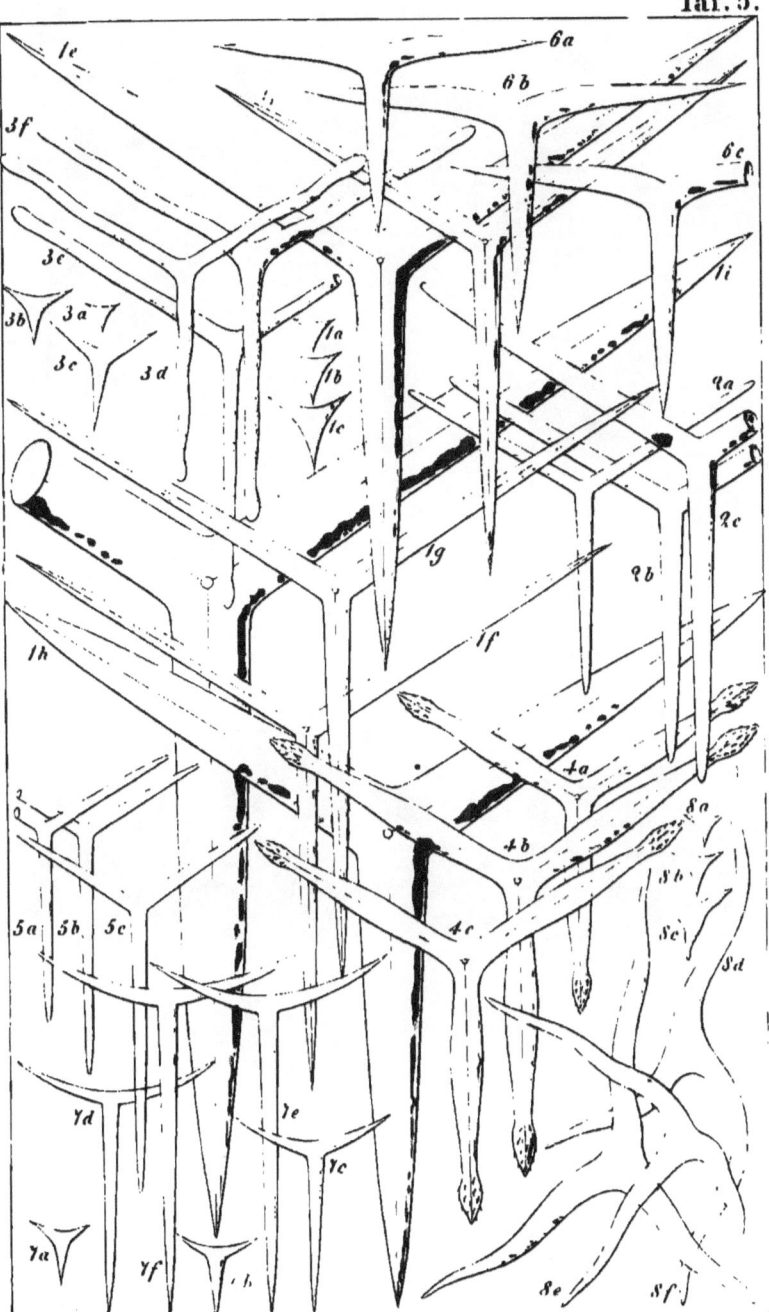

Erklärung der Tafel 6.

Familie: Ascones.

Genus: Ascilla.

Species:

Ascilla gracilis.   Ascilla japonica.

(Polymorphose.)

Tafel 6.

Fig. 1—7. **Ascilla gracilis** (System p. 44).

Fig. 1. **Olynthus gracilis.** Eine solitäre Person mit nackter Mundöffnung. Rechts oben ist ein Stück aus der Magenwand ausgeschnitten, um in die Magenhöhle zu sehen. Vergrösserung 100.

Fig. 2. **Clistolynthus gracilis.** Eine solitäre Person ohne Mundöffnung. Vergr. 20.

Fig. 3. **Soleniscus gracilis.** Ein Stock mit lauter nacktmündigen Personen. Vergrösserung 20.

Fig. 4. **Tarrus gracilis.** Ein Stock, dessen Personen sich gruppenweise durch je eine gemeinsame Mündung öffnen. Vergrösserung 10.

Fig. 5. **Nardorus gracilis.** Ein Stock mit einer einzigen gemeinsamen Mundöffnung. Vergrösserung 20.

Fig. 6. **Auloplegma gracile.** Ein Stock ohne Mundöffnungen. Vergrösserung 10.

Fig. 7. Ein Stückchen der Körperwand, nach Entfernung des Entoderms von innen gesehen. Man sieht die Vierstrahler regelmässig geordnet mit parallelen Schenkeln im Exoderm liegen, mit nach innen vorspringendem Apical-Strahl und abwärts gerichtetem Basal-Strahl. In der feinkörnigen Sarcodine des Syncytium sind überall Kerne zerstreut. In jedem Poren-Feld ist ein Porus sichtbar. Vergrösserung 200.

Fig. 8, 9. **Ascilla japonica** (System p. 47).

Fig. 8. **Soleniscus japonicus.** Ein Stock mit lauter nacktmündigen Personen. Vergrösserung 4.

Fig. 9. Ein Stückchen der Körperwand, nach Entfernung des Entoderms, von innen gesehen, ebenso wie Fig. 7. In den meisten Poren-Feldern sind mehrere Poren sichtbar. Vergrösserung 200.

Erklärung der Tafel 7.

Familie: Ascones.

Genus: Ascyssa.

Species:

Ascyssa troglodytes. Ascyssa acufera.

(Anatomie und Ontogenie.)

Tafel 7.

Fig. 1—3. **Ascyssa troglodytes** (System p. 48).

Fig. 1. Eine Person mit nackter Mundöffnung (*Olynthus troglodytes*). Vergrösserung 4.
Fig. 2. Ein Stück aus der Mitte der Person Fig. 1. Rechts ist ein Stück aus der Röhrenwand herausgeschnitten, so dass man in das Innere der Magenhöhle hinein sieht, während links ein Stück der äusseren Oberfläche sichtbar ist. *e* Exoderm. *i* Entoderm. *p* Hautporen. *g* Eier, in der Furchung begriffen. *g*1 Ungetheilte Eizellen. *g*2 Zweitheilung. *g*4 Viertheilung. *g*8 Achttheilung. *g*16 Zerfall des Eies in sechszehn Zellen. Vergrösserung 300.
Fig. 3. Vier einzelne Stabnadeln. Vergrösserung 400.

Fig. 4—10. **Ascyssa acufera** (System p. 50).

Fig. 4. Ein Stock mit lauter nacktmündigen Personen (*Soleniscus acufer*). Vergr. 4.
Fig. 5. Ein Stück von einer Person des Stockes Fig. 4. Rechts ist ein Stück aus der Röhrenwand herausgeschnitten, so dass man in das Innere der Magenhöhle hineinsieht, während links ein Stück der Dermalfläche sichtbar ist. *e* Exoderm. *i* Entoderm. *p* Hautporen. *g* Eier. *s* Gruppen von Spermazellen (im Stich viel zu dunkel ausgefallen). Vergrösserung 300.
Fig. 6. Acht einzelne feine Stabnadeln aus dem Nadelfilz der Dermalfläche. Vergr. 400.
Fig. 7—10. Zwei grosse, dicke, longitudinale Stabnadeln mit Lanzenspitze. Vergr. 400.
Fig. 7. Eine grosse Stabnadel mit kurzer Lanzenspitze, von der flachen Spitzenseite. Vergrösserung 400.
Fig. 8. Dieselbe von der schmalen Spitzenseite, um 90° gedreht. Vergrösserung 400.
Fig. 9. Eine grosse Stabnadel mit langer Lanzenspitze, von der flachen Spitzenseite. Vergrösserung 400.
Fig. 10. Dieselbe von der schmalen Spitzenseite, um 90° gedreht. Vergrösserung 400.

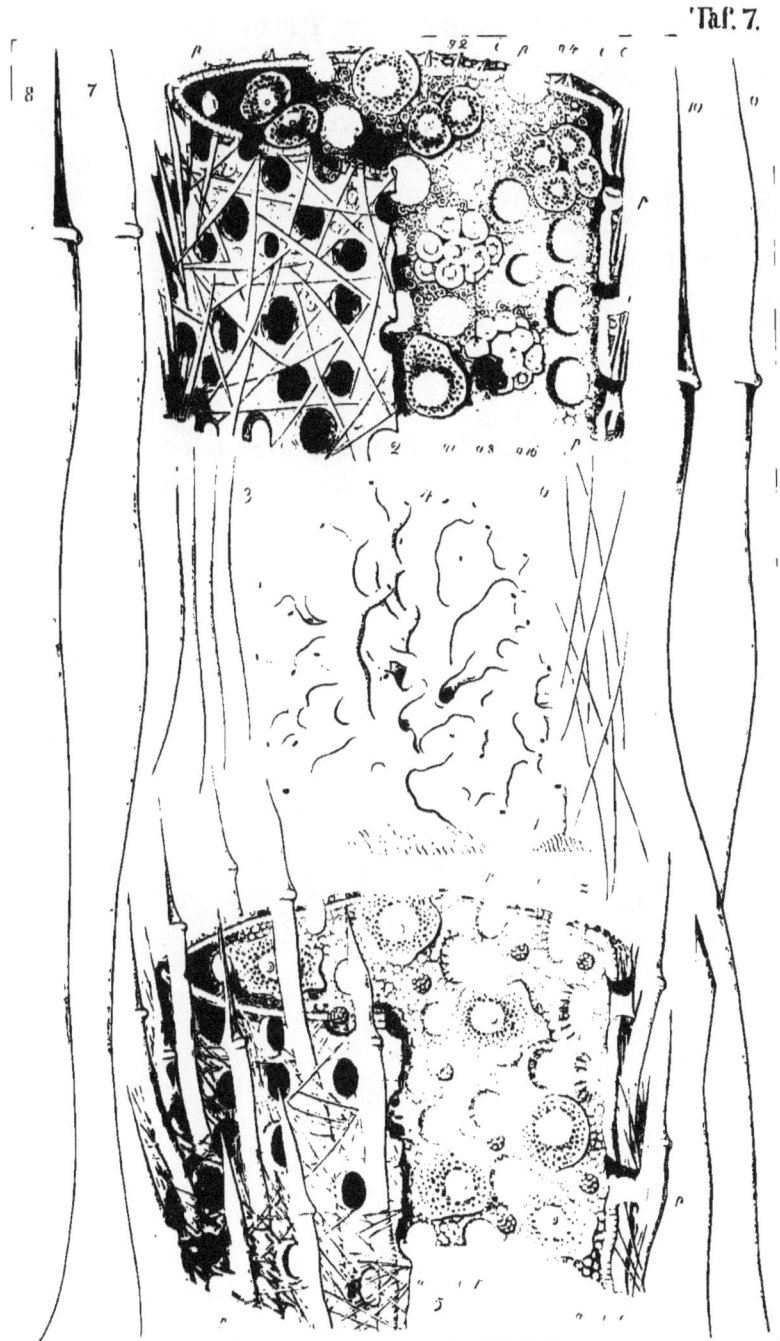

Erklärung der Tafel 8.

Familie: Ascones.

Genus: Ascaltis.

Species:
Ascaltis cerebrum.

(Polymorphose und Anatomie.)

Tafel. 8.

Ascaltis cerebrum (System p. 54).

(Diese Species bildet constant mundlose Stöcke: *Auloplegma*).

Fig. 1. Unreife Jugendform von dem Formwerthe des *Clistolynthus:* eine einzelne Person ohne Mundöffnung. Vergrösserung 40.

Fig. 2. Dieselbe mundlose Person im Längsschnitt. Vergrösserung 40. *v* Magenhöhle.

Fig. 3—13. *Auloplegma cerebrum* (mundlose Stöcke).

Fig. 3. Unreife Jugendform; ein mundloser Stock mit zwei Personen, durch unvollständige Längstheilung entstanden, im Längsschnitt. Vergrösserung 40. *v* Magenhöhle.

Fig. 4. Ein fast kugeliger mundloser Stock, dessen gewundene Personen, dicht an einander liegend, einen soliden Knäuel bilden. Vergrösserung 30.

Fig. 5. Derselbe Stock (Fig. 4) im Längsschnitt. Man sieht in die Magenhöhlung mehrerer, theilweise durchschnittener Personen hinein. Vergrösserung 30.

Fig. 6. Ein fast kugeliger, höckeriger, mundloser Stock mit sehr kleinen Personen, welche sehr dicht an einander liegend einen soliden Knäuel bilden. Die feinen Löcher der Oberfläche sind die Pseudoporen, welche in das Intercanal-System hineinführen. Vergrösserung 2.

Fig. 7. Ein birnförmiger mundloser Stock mit einer Pseudogaster und Pseudostom (*Pseudonardus*). Die feinen Löcher der Oberfläche sind die Pseudoporen, welche in das Intercanal-System hineinführen. Die grosse Oeffnung oben ist das Pseudostom. Vergrösserung 2.

Fig. 8. Longitudinal-Schnitt durch die Längsaxe des mundlosen *Pseudonardus*-Stockes Fig. 7. Die grosse centrale Höhle (*w*) ist die Pseudogaster, welche sich oben durch das Pseudostom (*u*) öffnet, und auf deren Innenfläche die Pseudogastral-Ostien (*f*) sichtbar sind, die Mündungen der verzweigten Intercanäle, welche centripetal sich erweiternd (*k*) die dicke Wand des Stockes durchsetzen. Vergrösserung 2.

Fig. 9. Longitudinal-Schnitt durch einen ähnlichen mundlosen Stock wie Fig. 7, 8 (Buchstaben wie in Fig. 8). Vergrösserung 2.

Fig. 10. Ein sehr grosser mundloser Stock mit einer einzigen Pseudogaster, welche sich oben durch ein Pseudostom öffnet. Vergrösserung 2.

Fig. 11. Ein sehr grosser gehirnähnlicher Stock (*Pseudotarrus*), welcher auf einem Algen-Zweig aufsitzt und aus zahlreichen gewundenen mundlosen Stöcken (*Auloplegma*) zusammengesetzt ist, deren jeder ein Pseudostom besitzt (*Pseudonardus*). Natürliche Grösse.

Fig. 12. Ein einzelner *Pseudonardus*-Stock mit Pseudostom (*u*), abgelöst von dem *Pseudotarrus*-Stock Fig. 11. *h* Pseudoporen. Vergrösserung 4.

Fig. 13. Längsschnitt durch den *Pseudonardus*-Stock Fig. 12. *u* Pseudostom. In der Mitte der Pseudogaster-Höhle (*w*) ist der Querschnitt des Algen-Zweiges sichtbar, auf dem der Stock sitzt. Vergrösserung 4.

Fig. 14. Querschnitt durch eine einzelne geschlechtsreife Person des Stockes Fig. 11; mit Essigsäure. *v* Magenhöhle. *i* Geisselzellen. *g* Eizellen. *e* Exoderm. *d* Kerne desselben. *q4* Spicula-Scheiden der Apical-Schenkel der Vierstrahler. Vergr. 300.

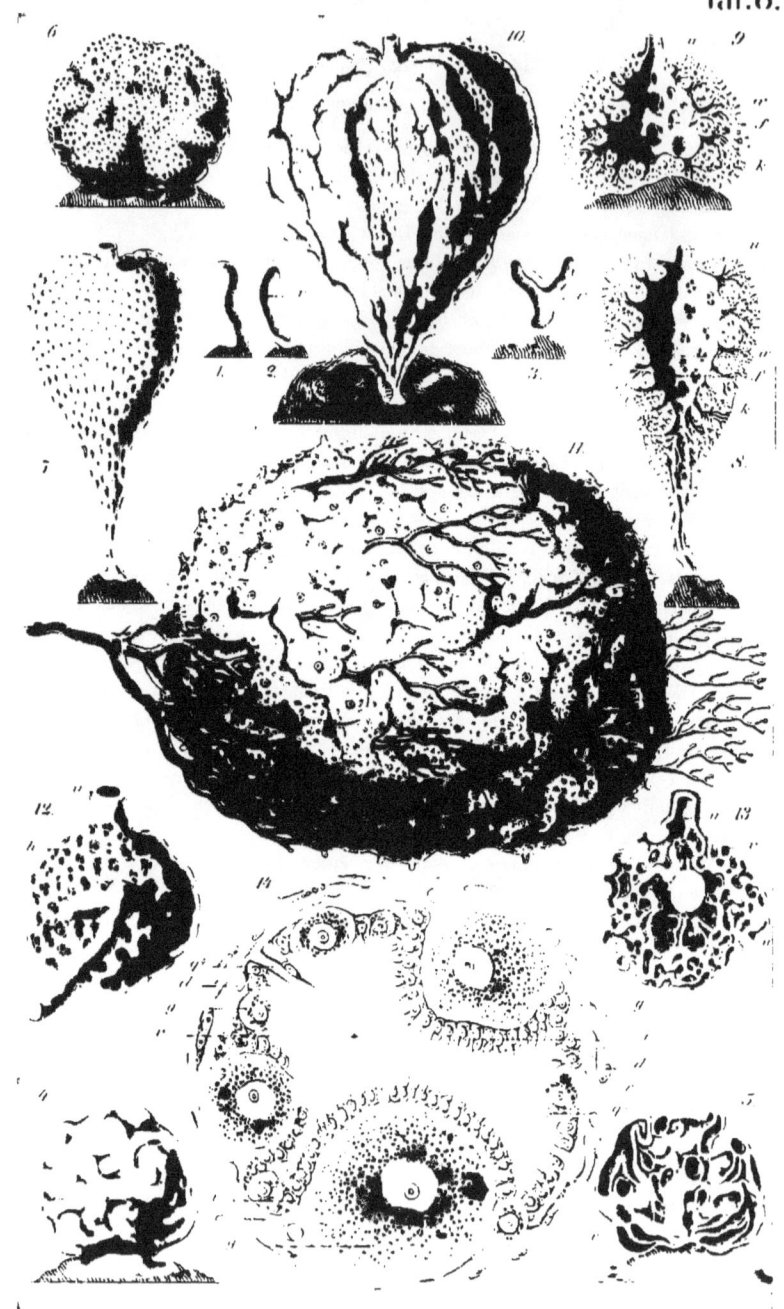

Erklärung der Tafel 9.

Familie: Ascones.

Genus: Ascaltis.

Species:

A. canariensis. A. Darwinii. A. Lamarckii. A. Gegenbauri.
A. Goethei. A. botryoides.

(Anatomie.)

Tafel 9.

Fig. 1—3. Ascaltis canariensis (System p. 52).

Fig. 1. *Auloplegma canariense*, ein mundloser, polyblaster Stock, durch Concrescenz von vier grösseren und mehreren kleineren, dicht verzweigten Stöcken entstanden. Die dicht stehenden kleinen Löcher der Oberfläche sind die Pseudoporen, welche in das enge Geflecht des Intercanal-Systems hineinführen. Ansicht von der aufsitzenden unteren Seite. Natürliche Grösse.

Fig. 2. Querschnitt durch eine Person des Stockes (Fig. 1). *r* Magenhöhle. Das verdickte Entoderm (*i*) bildet konische Zotten oder Papillen, in deren Axe der Apical-Strahl (*q4*) der Vierstrahler verläuft. Zwischen je zwei Zotten ist die Röhrenwand von einem Lochcanal oder Poral-Tubus durchbohrt (*p*). Vergr. 400.

Fig. 3. Längsschnitt durch eine Person des Stockes (Fig. 1), mit Essigsäure behandelt. Zwischen den Zotten des Entoderms (*i*) sind die inneren Oeffnungen (*m*) der Lochcanäle (*p*) sichtbar. *e* Exoderm.

Fig. 4. **Ascaltis Darwinii** (System p. 57) Ein Stock, dessen constituirende Personen und Personen-Gruppen die Formen verschiedener Genera des künstlichen Systems repräsentiren (*Ascometra*). Die Basis des Stockes bildet ein Flechtwerk von mundlosen Röhren (*Auloplegma*), aus welchem sich Repräsentanten von verschiedenen Gattungen erheben, nämlich unten ringsherum einzelne kolbenförmige Personen ohne Mundöffnung (*Clistolyuthus*), darüber einzelne röhrenförmige Personen mit Mund (*Olynthus*), in der Mitte spindelförmige Stöcke mit je einer Mundöffnung (*Nardorus*), sowie einzelne aus mehreren solchen Nardorus-Stöcken zusammengesetzte Stöcke (*Tarrus*), endlich oben (in der Mitte) mehrere Stöckchen, deren Personen sämmtlich nackte Mundöffnungen besitzen (*Soleniscus*). Vergr. 8.

Fig. 5. **Ascaltis Lamarckii** (System p. 60). Ein fast kugeliger Stock ohne Mundöffnung (*Auloplegma*). Vergr. 4.

Fig. 6—8. **Ascaltis Gegenbauri** (System p. 62).

Fig. 6. *Tarrus Gegenbauri*. Ein Stock, dessen Personen sich gruppenweise durch gemeinsame, krugförmig erweiterte Mündungen öffnen. Vergr. 4.

Fig. 7. Querschnitt durch die Basis einer Person des Stockes (Fig. 6). *e*. Exoderm. *d*. Kerne des Syncytium. *q4*. Apical-Schenkel der Vierstrahler. *p*. Poral-Tuben. *i*. Geisselzellen des Entoderm. *z*. Spermazellen. *y*. Eizellen. Vergr. 400.

Fig. 8. Längsschnitt durch eine Person des Stockes Fig. 6, mit Essigsäure behandelt. Buchstaben wie in Fig. 7.

Fig. 9. **Ascaltis Goethei** (System p. 64). Ein Stock ohne Mundöffnungen (*Auloplegma*), um einen Algenzweig herumgewachsen. Vergr. 4.

Fig. 10. **Ascaltis botryoides** (System p. 65). Ein traubenförmiger Stock mit lauter nacktmündigen Personen (*Soleniscus*), auf einem Conferven-Zweig aufsitzend. Vergr. 4.

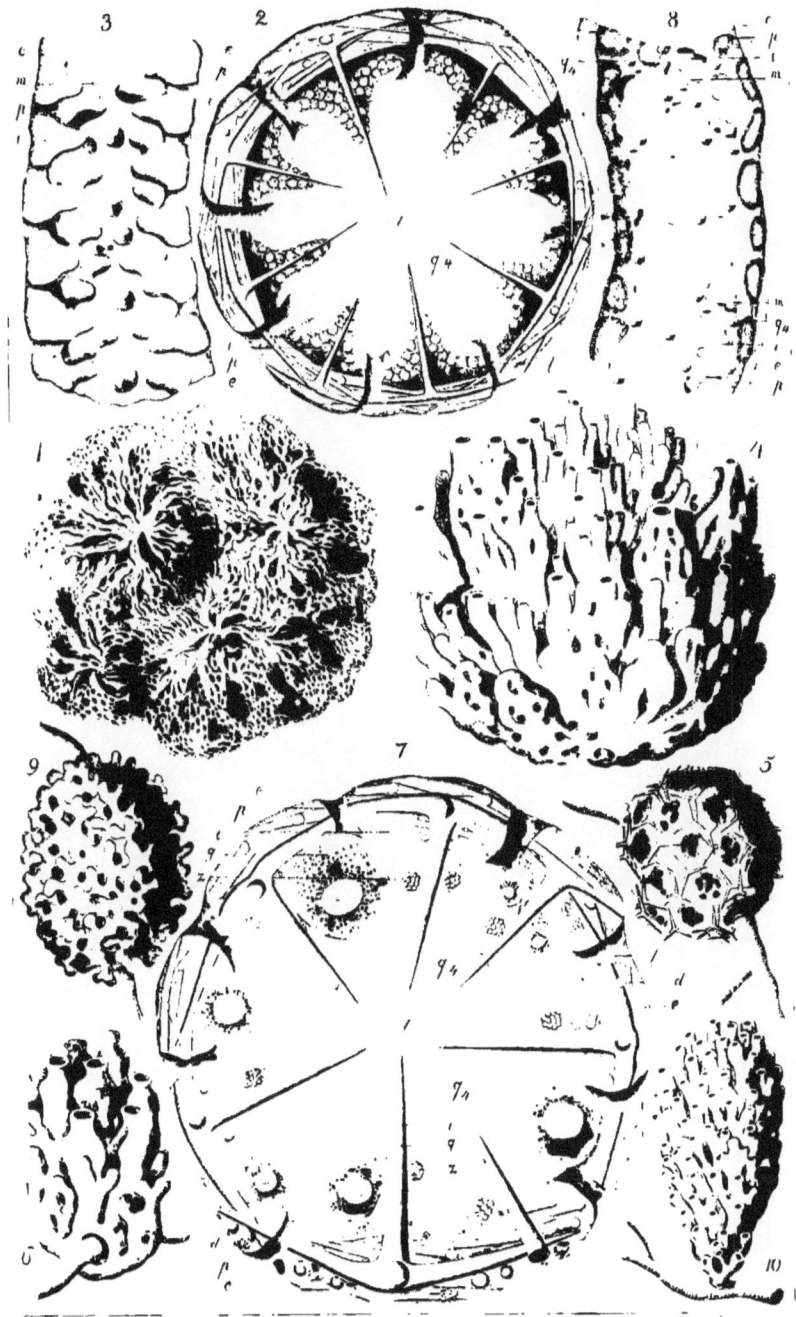

E. Haeckel del.

Erklärung der Tafel 10.

Familie: Asconcs.

Genus: Ascaltis.

Species:

A. canariensis. A. cerebrum. A. Darwinii. A. Lamarckii.
A. Gegenbauri. A. Goethei. A. botryoides.

(Spicula des Skelets.)

2*

Tafel 10.

Spicula des Genus Ascaltis.

Alle Figuren sind 400 mal vergrössert.

Fig. 1. **Ascaltis canariensis** (System p. 52). 1 *a* Ein Dreistrahler. 1 *b* Ein Vierstrahler (Flächen-Ansicht). 1 *c* Ein Vierstrahler (Profil-Ansicht: der basale Strahl ist nach unten, die beiden lateralen divergirend nach oben, der apicale Strahl horizontal nach links gerichtet).

Fig. 2. **Ascaltis cerebrum** (System p. 54). 2 *a* Ein Dreistrahler. 2 *b* Ein Vierstrahler (Flächen-Ansicht). 2 *c*, 2 *d* Zwei Vierstrahler (Profil-Ansicht: der basale Strahl ist nach unten, die beiden lateralen divergirend nach oben, der apicale Strahl horizonta nach links gerichtet).

Fig. 3. **Ascaltis Darwinii** (System p. 57). 3 *a* Ein Dreistrahler. 3 *b* Ein Vierstrahler (Flächen-Ansicht). 3 *c* Ein Vierstrahler (Profil-Ansicht: Der basale Strahl ist nach unten, die beiden lateralen divergirend nach oben, der apicale Strahl horizontal nach rechts gerichtet).

Fig. 4. **Ascaltis Lamarckii** (System p. 60). 4 *a* bis 4 *c* Drei Dreistrahler. 4 *d* Ein Vierstrahler (Flächen-Ansicht). 4 *e* Ein Vierstrahler (Profil-Ansicht: der basale Strahl ist nach oben, die beiden lateralen divergirend nach unten, der apicale Strahl horizonta nach links gerichtet).

Fig. 5. **Ascaltis Gegenbauri** (System p. 62). 5 *a*, 5 *b* Zwei Dreistrahler. 5 *c* Ein Vierstrahler (Flächen-Ansicht). Fig. 5 *d* Ein Vierstrahler (Profil-Ansicht, wie Fig. 3 c).

Fig. 6. **Ascaltis Goethei** (System p. 64). 6 *a* Ein Dreistrahler. 6 *b* Ein Vierstrahle (Flächen-Ansicht). 6 *c*, 6 *d* Zwei Vierstrahler (Profil-Ansicht, wie Fig. 1 c und 3 c).

Fig. 7. **Ascaltis botryoides** (System p. 65). 7 *a*, 7 *b* Zwei Dreistrahler. 7 *c* Ein Vierstrahler (Flächen-Ansicht). 7 *d*, 7 *e* Zwei Vierstrahler (Profil-Ansicht, wie Fig. 1 und 2 c).

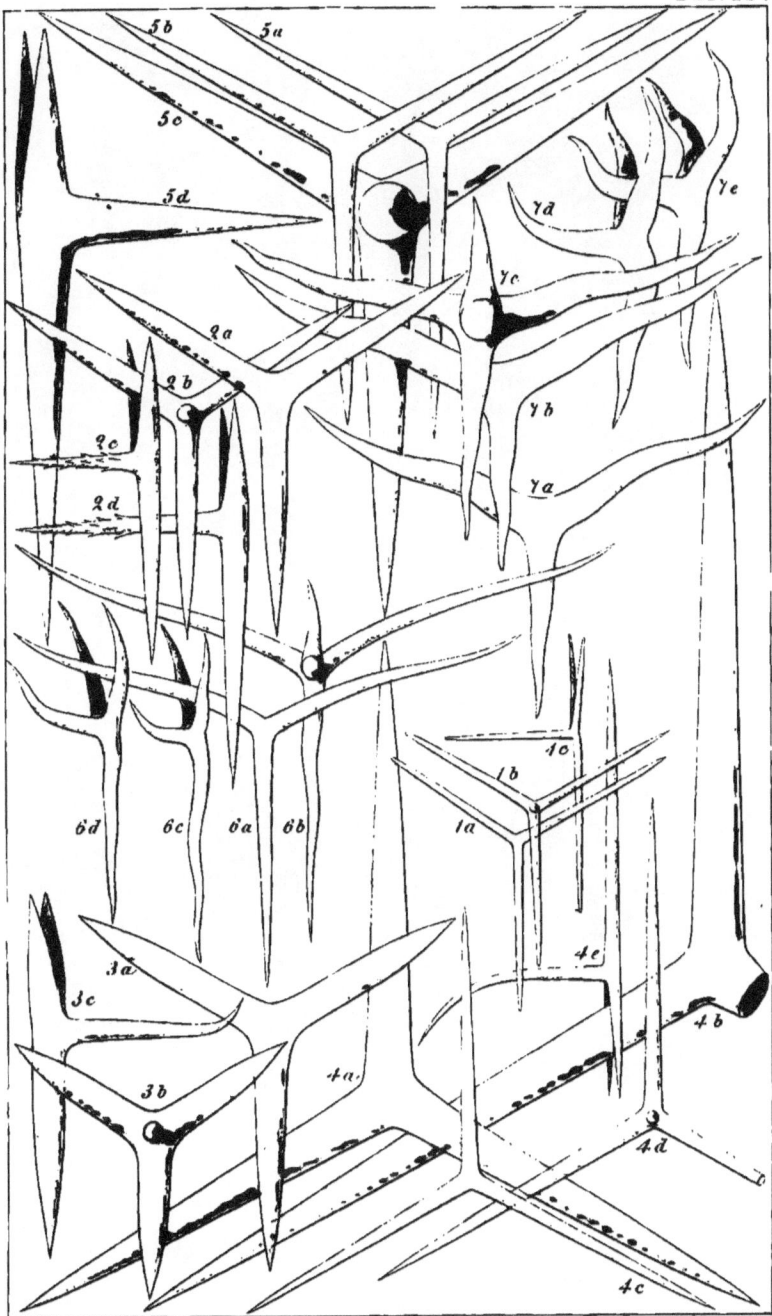

Erklärung der Tafel 11.

Familie: Ascones.

Genus: Ascortis.

Species:

A. horrida. A. lacunosa. A. Fabricii. A. corallorrhiza. A. fragilis.

(Anatomie.)

Tafel 11.

Fig. 1. **Ascortis horrida** (System p. 69). Ein Stock mit einer einzigen, rüsselförmigen Mundöffnung (*Nardopsis*) Vergr. 8.

Fig. 2. **Ascortis lacunosa** (System p. 70). Ein Stock mit einer einzigen, nackten Mundöffnung (*Nardorus*). Vergr. 4.

Fig. 3. **Ascortis Fabricii** (System p. 71). Ein Stock mit lauter nacktmündigen Personen (*Soleniscus*). Vergr. 8.

Fig. 4. **Ascortis corallorrhiza** (System p. 73). Ein Stock ohne Mundöffnungen (*Auloplegma*). Vergr. 4.

Fig. 5—9. **Ascortis fragilis** (System p. 74).

Fig. 5. Ein kriechender Stock, aus dessen Wurzelgeflecht sich lauter nacktmündige Personen erheben (*Soleniscus fragilis*). Vergr. 4.

Fig. 6. Eine einzelne Person mit nackter Mundöffnung (o) und mit geschlossenen Hautporen (*Prosycum fragile*). Der Kalk der Spicula ist durch Essigsäure entfernt, und aus der vorderen Körperwand ist links ein Stück ausgeschnitten, um die freie Einsicht in die Magenhöhle (v) zu öffnen. e Exoderm. d Kerne des Syncytium. i Entoderm. g Eizellen. Vergr. 100.

Fig. 7. Eine einzelne Person mit nackter Mundöffnung (o) und mit geöffneten Hautporen (p): *Olynthus fragilis*. Der Kalk der Spicula ist durch Essigsäure entfernt, und aus der vorderen Körperwand ist links ein Stück ausgeschnitten. Buchstaben wie in Fig. 6. Vergr. 100.

Fig. 8. 9. Querschnitt durch eine Person von *Ascortis fragilis*. In der linken Hälfte (Fig. 8) sind die Locheanäle (Poral-Tuben) oder Hautporen geschlossen (*Prosycum*); in der rechten Hälfte (Fig. 9) sind sie geöffnet (*Olynthus*). e Exoderm. d Kerne des Syncytium. s Stabnadeln. t Dreistrahler. p Hautporen. i Geisselzellen des Entoderm. z Spermazellen. g Eizellen. Vergr. 100.

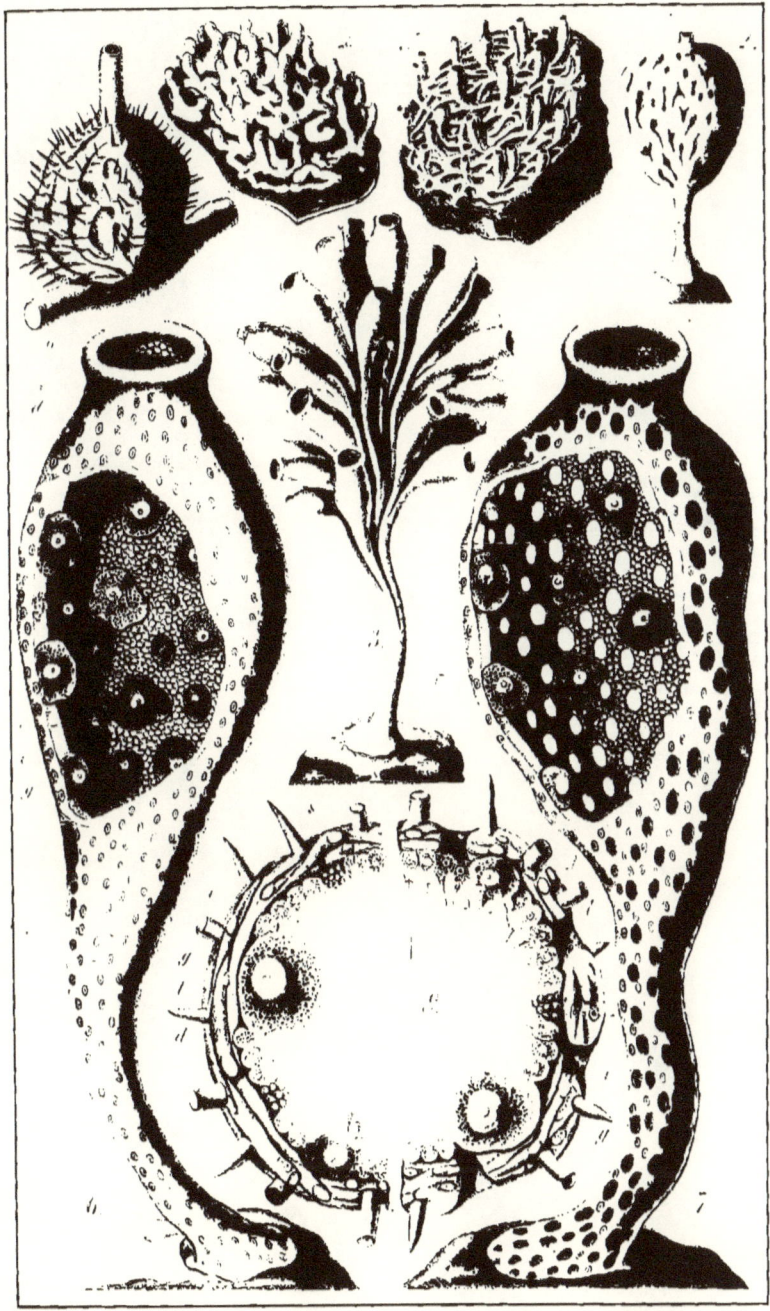

Erklärung der Tafel 12.

Familie: Ascones.

Genus: Ascortis.

Species:

A. horrida.   A. lacunosa.   A. Fabricii.   A. corallorrhiza.
A. fragilis.

(Spicula des Skelets.)

Tafel 12.

Spicula des Genus Ascortis.

Alle Figuren sind 400 mal vergrössert.

Fig. 1. **Ascortis horrida** (System p. 69). 1 *a* bis 1 *g* Sieben Dreistrahler (1 *a* bis 1 *e* fünf junge Entwickelungsformen, 1 *f*, 1 *g* zwei ausgebildete Spicula). 1 *h* Eine Stab nadel (unterhalb der Mitte, bei *x*, ist das cylindrische Mittelstück herausgeschnitten da die Figur doppelt so lang als die Tafel war.

Fig. 2. **Ascortis lacunosa** (System p. 70). 2 *a* bis 2 *c* Drei junge Entwickelungsformer von Dreistrahlern. 2 *d*, 2 *e* Zwei ausgebildete Dreistrahler. 2 *f*. 2 *g* Zwei Dreistrahle mit hypertrophischem Basal-Strahl, aus dem Stiele des Stockes. 2 *h* Eine Stabnadel.

Fig. 3. **Ascortis Fabricii** (System p. 71). 3 *a* bis 3 *e* Fünf junge Entwickelungsformer von Dreistrahlern. 3 *f*, 3 *g* Zwei ausgebildete Dreistrahler. 3 *h*, 3 *i* Zwei Stabnadeln.

Fig. 4. **Ascortis corallorrhiza** (System p. 73). 4 *a* bis 4 *e* Fünf junge Entwickelungs formen von Dreistrahlern. 4 *f*, 4 *g* Zwei ausgebildete Dreistrahler. 4 *h*, 4 *i* Zwe Stabnadeln.

Fig. 5. **Ascortis fragilis** (System p. 74). 5 *a* bis 5 *d* Vier junge Entwickelungsformer von Dreistrahlern. 5 *e* bis 5 *g* Drei ausgebildete Dreistrahler. 5 *h*, 5 *i* Zwei Stab nadeln.

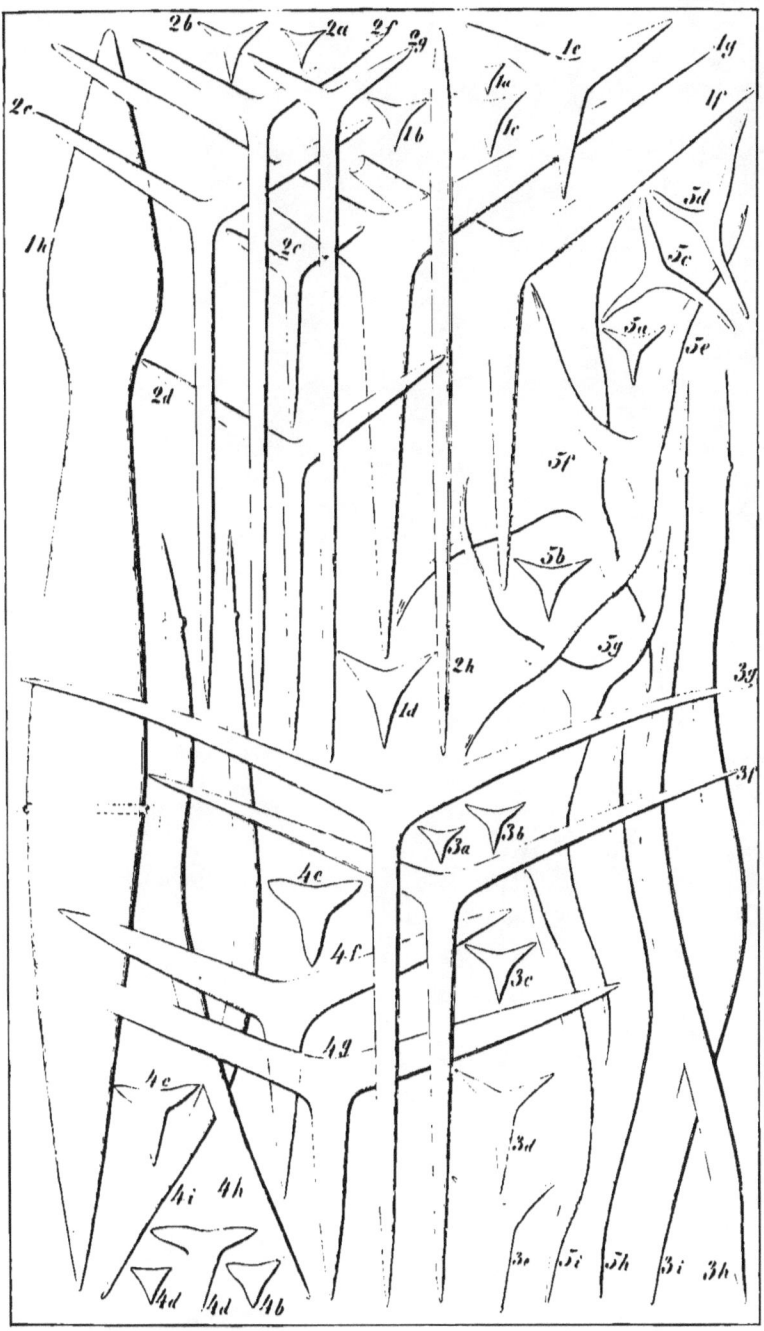

Erklärung der Tafel 13.

Familie: Ascones.

Genus: Asculmis.

Species:

Asculmis armata.

(Anatomie und Ontogenie.)

Tafel 13.

Asculmis armata (System p. 77).

Fig. 1. Eine einzelne Person mit nackter Mundöffnung (*Olynthus armatus*). Aus der Magenwand ist links ein Stück bis zum Mundrand herausgeschnitten, um in die mit Embryonen (b) gefüllte Magenhöhle (v) hineinzusehen. Links sieht man den Längsschnitt der Magenwand, die von den (in den Magen vorspringenden) Apical-Strahlen der Vierstrahler durchbohrt wird. *o* Mund. *e* Exoderm. *i* Entoderm. Vergr. 80.

Fig. 2. Ein Stück von einer anderen Person. Aus der Magenwand ist rechts ein Stück herausgeschnitten, um in die Magenhöhle hineinzusehen. Im Entoderm (i) liegen viele Eier (g), in Furchung begriffen. *g* 2 Zweitheilung. *g* 4 Viertheilung. Bei *g* 8 ist ein Ei in 8, bei *g* 16 in 16 Zellen (Furchungskugeln) zerfallen. *e* Exoderm mit vielen Kernen (d). *p* Poral-Tuben. *s* Stabnadeln. *q* 1 Basalstrahl. *q* 2, *q* 3 Lateralstrahlen. *q* 4 Apical-Strahl der Vierstrahler. Vergr. 400.

Fig. 3. Ein Stückchen Magenwand im Querschnitt, mit Essigsäure behandelt. *e* Exoderm mit seinen Kernen (d). *i* Vier Geisselzellen des Entoderm, davon drei mit einer contractilen Vacula neben dem Kern; alle mit Kragen. Vergr. 1000.

Fig. 4. Ein Stückchen Magenwand von der flimmernden Larve, Fig. 5, 6 (*Gastrula*), im Querschnitt, mit Carmin und Essigsäure behandelt. *i* Drei kugelige Zellen des Entoderm, *e* Neun cylindrische Geisselzellen des Exoderm, mit ihren Kernen (d). Vergr. 1000.

Fig. 5. Eine flimmernde Larve (*Gastrula*). Oben ist die Mundöffnung, von acht runden Entoderm-Zellen umgeben. Vergr. 400.

Fig. 6. Dieselbe flimmernde Larve (Fig. 5), im optischen Längsschnitt gesehen. *o* Mund. *v* Magen. *i* Entoderm. *e* Exoderm. Vergr. 400.

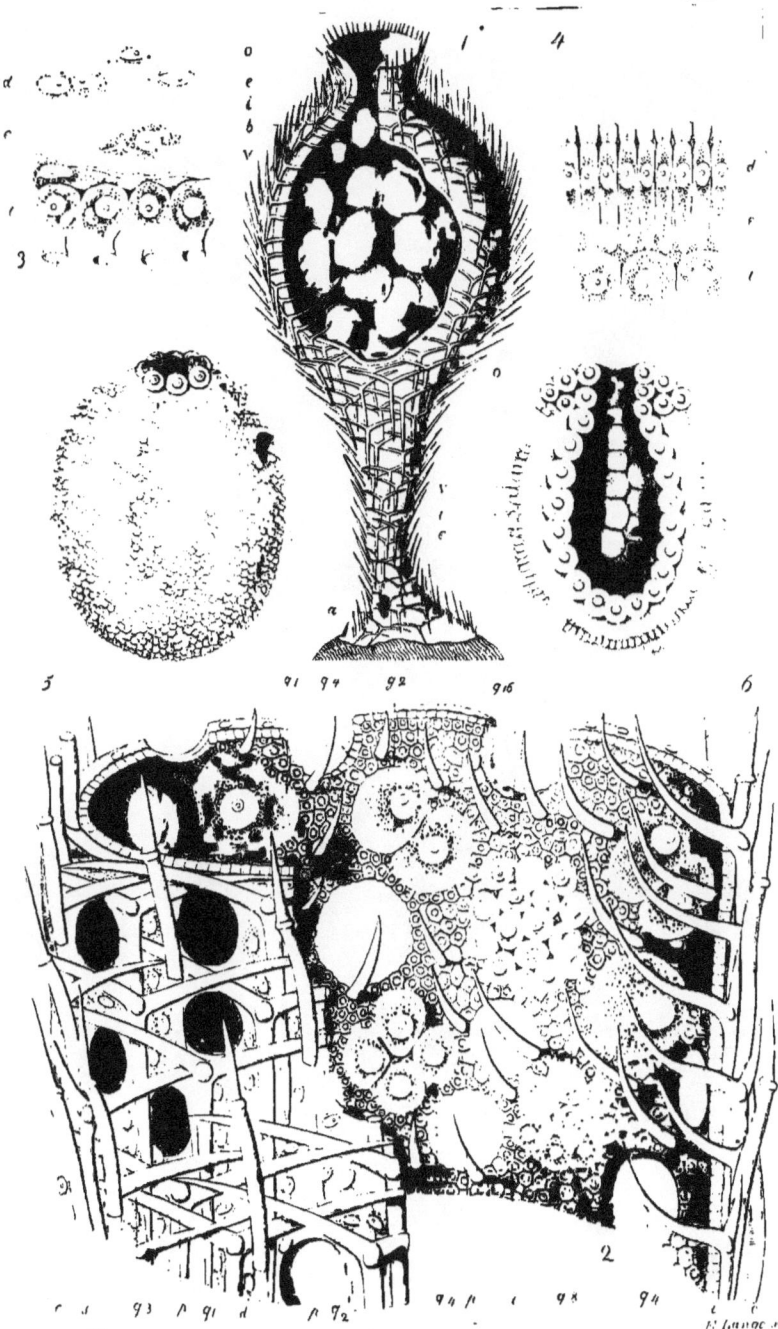

E. Haeckel del.

Erklärung der Tafel 14.

Familie: Ascones.

Genus: Ascandra.

Species:

A. cordata.   A. densa.   A. panis.   A. reticulum.   A. falcata.
A. contorta.

(Spicula des Skelets.)

Tafel 14.

Spicula des Genus Ascandra.

Alle Figuren sind 400 mal vergrössert.

Fig. 1. **Ascandra cordata** (System p. 82). 1 *a* Ein Dreistrahler. 1 *b* Ein Vierstrahler (Flächen-Ansicht). 1 *c* Eine Stabnadel.

Fig. 2. **Ascandra densa** (System p. 85). 2 *a* Ein Dreistrahler. 2 *b* Ein Vierstrahler (Ansicht in der Axe des verkürzten Basal-Strahls; senkrecht auf den beiden Lateral-Strahlen geht nach oben der dünnere Apical-Strahl ab). 2 *c* Eine Stabnadel.

Fig. 3. **Ascandra panis** (System p. 86). 3 *a* Ein ausgebildeter Dreistrahler. 3 *b*, 3 *c*, 3 *d* Drei verschiedene Entwickelungsstufen von jüngeren Dreistrahlern. 3 *e* Ein Vierstrahler (Flächen-Ansicht). 3 *f* Eine Stabnadel.

Fig. 4. **Ascandra reticulum** (System p. 87). 4 *a* Ein Dreistrahler. 4 *b* Ein Vierstrahler (Flächen-Ansicht). 4 *c* Ein Vierstrahler (Basal-Ansicht, wie Fig. 2 *b*). 4 *d*, 4 *e*, 4 *f* Drei Stabnadeln.

Fig. 5. **Ascandra falcata** (System p. 83). 5 *a* Ein Dreistrahler. 5 *b*, 5 *c*, 5 *d* Drei Ent-wickelungsformen von jüngeren Dreistrahlern. 5 *e* Ein Vierstrahler (Flächen-Ansicht; der Apical-Strahl verkürzt in der Augenaxe). 5 *f*, 5 *g*, 5 *h* Drei Stabnadeln.

Fig. 6. **Ascandra contorta** (System p. 91). 6 *a* Ein Dreistrahler. 6 *b* Ein Vierstrahler (Flächen-Ansicht). 6 *c* Ein Vierstrahler (Profil-Ansicht; der basale Strahl ist nach unten, die beiden lateralen nach oben, der apicale Strahl nach links gerichtet).

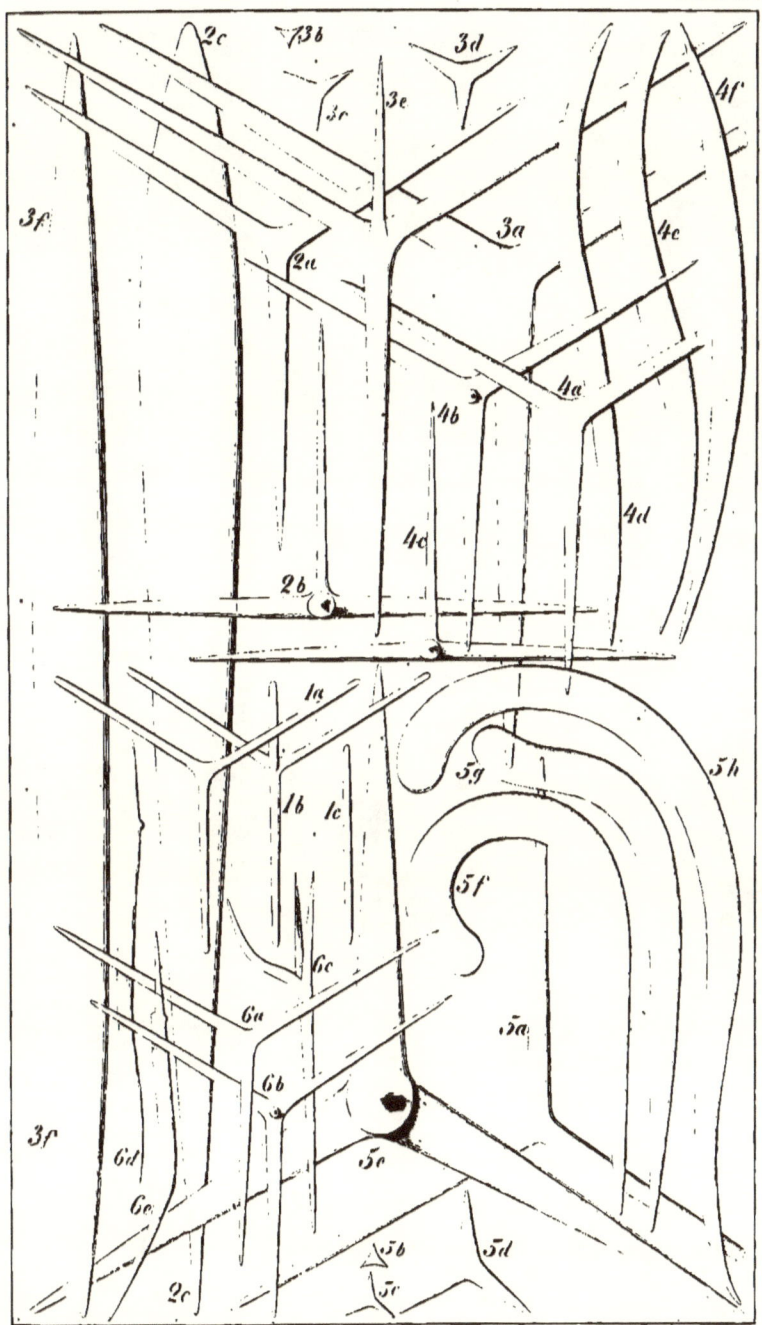

Erklärung der Tafel 15.

Familie: Ascones.

Genus: Ascandra.

Species:

A. complicata. A. Lieberkühnii. A. echinoides. A. sertularia.

(Spicula des Skelets.)

Tafel 15.

Spicula des Genus Ascandra.

Alle Figuren sind 400 mal vergrössert.

Fig. 1. **Ascandra complicata** (System p. 93). 1 *a*, 1 *b* Zwei Dreistrahler. 1 *c*, 1 *d* Zwei Vierstrahler (Flächen-Ansicht). 1 *e* Ein Vierstrahler (Profil-Ansicht; der basale Strahl nach rechts, die beiden lateralen nach links, der apicale nach oben gerichtet). 1 *f* Ein Vierstrahler (Basal-Ansicht; der basale Strahl in der Augenaxe, der apicale nach oben, die beiden lateralen nach rechts und links gerichtet). 1 *g* bis 1 *k* Vier Stabnadeln.

Fig. 2. **Ascandra Lieberkühnii** (System p. 96). 2 *a* bis 2 *d* Vier ausgebildete Dreistrahler. 2 *e* bis 2 *g* Drei Entwickelungsformen von jüngeren Dreistrahlern. 2 *h*, 2 *i* Zwei Vierstrahler (Flächen-Ansicht). 2 *k* Ein Vierstrahler (Profil-Ansicht, wie Fig. 1 *e*). 2 *l* bis 2 *n* drei jüngere Entwickelungs-Formen von Vierstrahlern. 2 *o* bis 2 *q* Drei Stabnadeln.

Fig. 3. **Ascandra echinoides** (System p. 98). 3 *a* Ein Dreistrahler 3 *b* Ein Vierstrahler (Flächen-Ansicht). 3 *c* Ein Vierstrahler (Profil-Ansicht, wie Fig. 1 *e*). 3 *d*, 3 *e* Zwei Stabnadeln mit grade aufgesetzter Lanzenspitze (3 *d* von der breiten, 3 *e* von der schmalen Seite). 3 *f*, 3 *g* Zwei Stabnadeln mit zurückgekrümmter Lanzenspitze (3 *f* von der breiten, 3 *g* von der schmalen Seite).

Fig. 4. **Ascandra sertularia** (System p. 100). 4 *a* Ein Dreistrahler. 4 *b*, 4 *c* Zwei Vierstrahler (Flächen-Ansicht). 4 *d* Ein Vierstrahler (Profil-Ansicht, wie Fig. 1 *e*). 4 *e* Eine Stabnadel, die Lanzenspitze von der breiten Seite gesehen. 4 *f* der apicale Theil einer Stabnadel, die Lanzenspitze von der schmalen Seite gesehen.

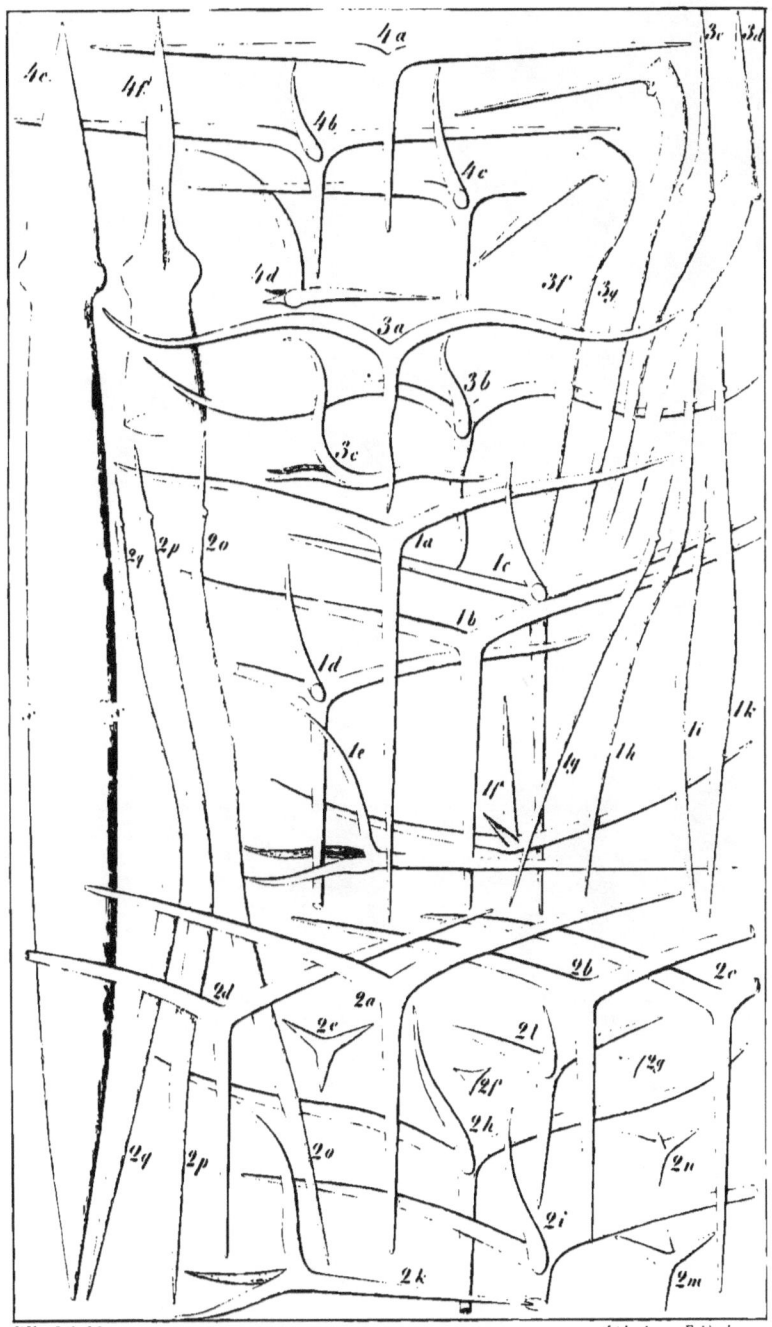

Erklärung der Tafel 16.

Familie: Ascones.

Genus: Ascandra.

Species:

A. botrys.   A. nitida.   A. pinus.   A. variabilis.

(Spicula des Skelets.)

Tafel 16.

Spicula des Genus Ascandra.

Alle Figuren sind 400 mal vergrössert.

Fig. 1. **Ascandra botrys** (System p. 101). 1 *a*, 1 *b*, 1 *c* Drei Dreistrahler. 1 *d* Ein Vierstrahler (Flächen-Ansicht). 1 *e* Ein Vierstrahler (Profil-Ansicht; der basale Strahl ist horizontal nach rechts, die beiden lateralen divergirend nach links, der apicale nach oben gerichtet). 1 *f* Eine Gruppe von Stabnadeln.

Fig. 2. **Ascandra nitida** (System p. 103). 2 *a* bis 2 *d* Vier Dreistrahler. 2 *e* Ein Vierstrahler (Facial-Ansicht). 2 *f* Ein Vierstrahler (Profil-Ansicht, wie Fig. 1 *e*). 2 *g* Eine Gruppe von Stabnadeln.

Fig. 3. **Ascandra pinus** (System p. 105). 3 *a*, 3 *b* Zwei Dreistrahler. 3 *c*, 3 *d*, 3 *e* Drei Vierstrahler (Flächen-Ansicht). 3 *f* Ein Vierstrahler (Profil-Ansicht, wie Fig. 1 *e*). 3 *g* Eine Gruppe von kleinen Stabnadeln aus dem Stäbchen-Filz. 3 *h*, 3 *i* Zwei grosse Stabnadeln mit Lanzenspitze.

Fig. 4. **Ascandra variabilis** (System p. 106). 4 *a*, 4 *b*, 4 *c* Drei Dreistrahler. 4 *d*, 4 *e*, 4 *f* Drei Vierstrahler (Flächen-Ansicht). 4 *g* Ein Vierstrahler (Profil-Ansicht, wie Fig. 1 *e*). 4 *h* Eine Gruppe von kleinen Stabnadeln aus dem Stäbchen-Filz. 4 *i*, 4 *k*, 4 *l* Drei grosse Stabnadeln mit Lanzenspitze (4 *k* von der schmalen, 4 *i* und 4 *l* von der breiten Seite der Spitze).

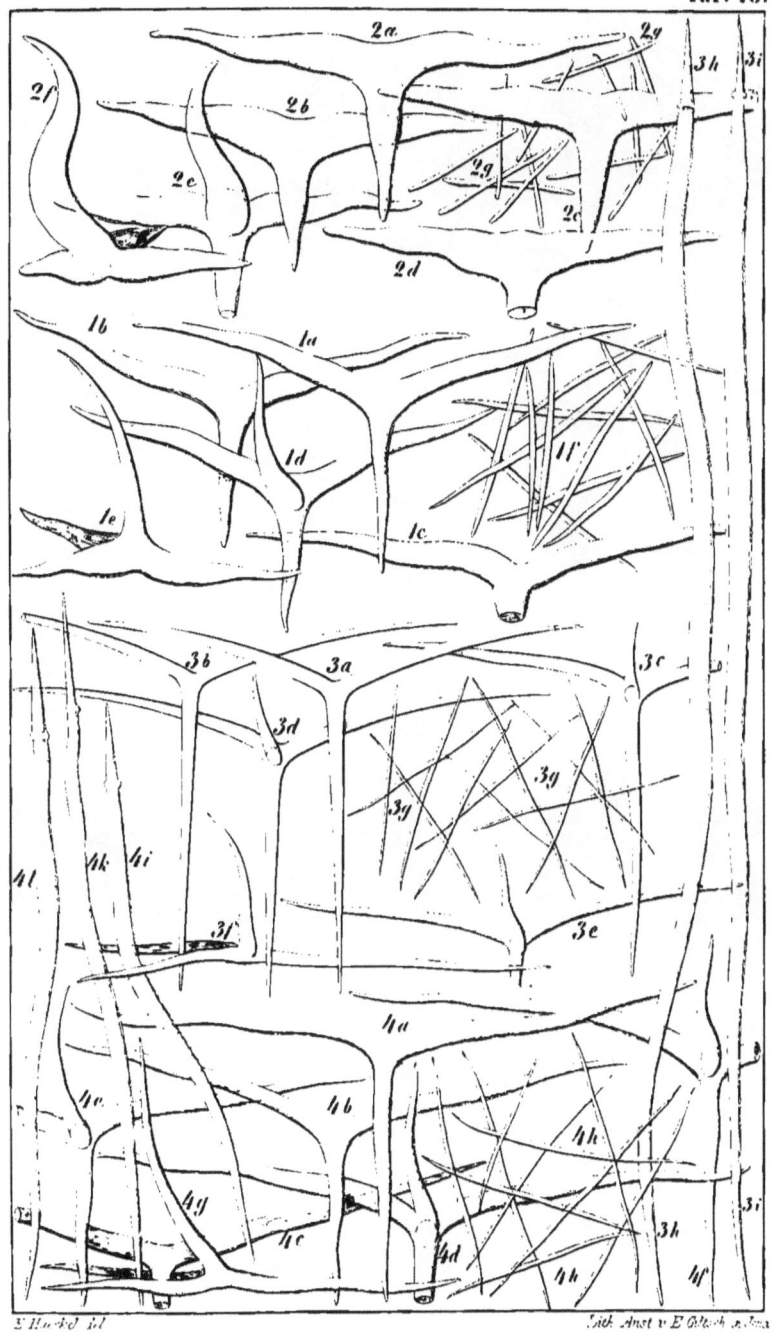

Erklärung der Tafel 17.

Familie: Ascones.

Genus: Ascandra.

Species:

A. echinoides. A. cordata. A. nitida. A. sertularia. A. densa.
A. falcata. A. panis.

(Repräsentanten aller Ascon-Genera des künstlichen Systems.)

Tafel 17.

Fig. 1, 4. Ascandra echinoides (System p. 98).
Fig. 2, 6. Ascandra cordata (System p. 82).
Fig. 3, 7, 10, 13. Ascandra nitida (System p. 103).
Fig. 5. Ascandra sertularia (System p. 100).
Fig. 9, 12. Ascandra densa (System p. 85).
Fig. 8, 11, 15. Ascandra falcata (System p. 83).
Fig. 14. Ascandra panis (System p. 86).

} Species-Bezeichnungen des natürlichen Systems.

Fig. 1. Olynthus echinoides. Eine solitäre Person mit nackter Mundöffnung. Vergr. 4

Fig. 2. Olynthella cordata. Eine solitäre Person mit rüsselförmiger Mundöffnung Vergrösserung 4.

Fig. 3. Olynthium nitidum. Eine solitäre Person mit bekränzter Mundöffnung. Vergr. 8

Fig. 4. Clistolynthus echinoides. Eine solitäre Person ohne Mundöffnung. Vergr. 4.

Fig. 5. Soleniscus sertularia. Ein Stock mit lauter nacktmündigen Personen. Vergr. 4

Fig. 6. Solenula cordata. Ein Stock mit lauter rüsselmündigen Personen. Vergr. 4.

Fig. 7. Solenidium nitidum. Ein Stock mit lauter kranzmündigen Personen. Vergr. 4

Fig. 8. Nardorus falcatus. Ein Stock mit einer einzigen nackten Mundöffnung. Vergr. 2

Fig. 9. Nardopsis densa. Ein Stock mit einer einzigen rüsselförmigen Mundöffnung Vergrösserung 4.

Fig. 10. Nardoma nitidum.' Ein Stock mit einer einzigen bekränzten Mundöffnung Vergrösserung 4.

Fig. 11. Tarrus falcatus. Ein Stock, dessen Personen sich gruppenweise durch gemeinsame nackte Mündungen öffnen. Vergr. 2.

Fig. 12. Tarropsis densa. Ein Stock, dessen Personen sich gruppenweise durch gemeinsame rüsselförmige Mündungen öffnen. Vergr. 4.

Fig. 13. Tarroma nitidum. Ein Stock, dessen Personen sich gruppenweise durch gemeinsame, bekränzte Mündungen öffnen. Vergr. 4.

Fig. 14. Auloplegma panis. Ein Stock ohne Mundöffnungen. Natürliche Grösse.

Fig. 15. Ascometra falcata. Ein Stock, dessen constituirende Personen und Personen Gruppen verschiedene Genera des künstlichen Systems repräsentiren (unten Auloplegma links Olynthus, oben Soleniscus, in der Mitte Tarrus und rechts Nardorus). Vergr. 2.

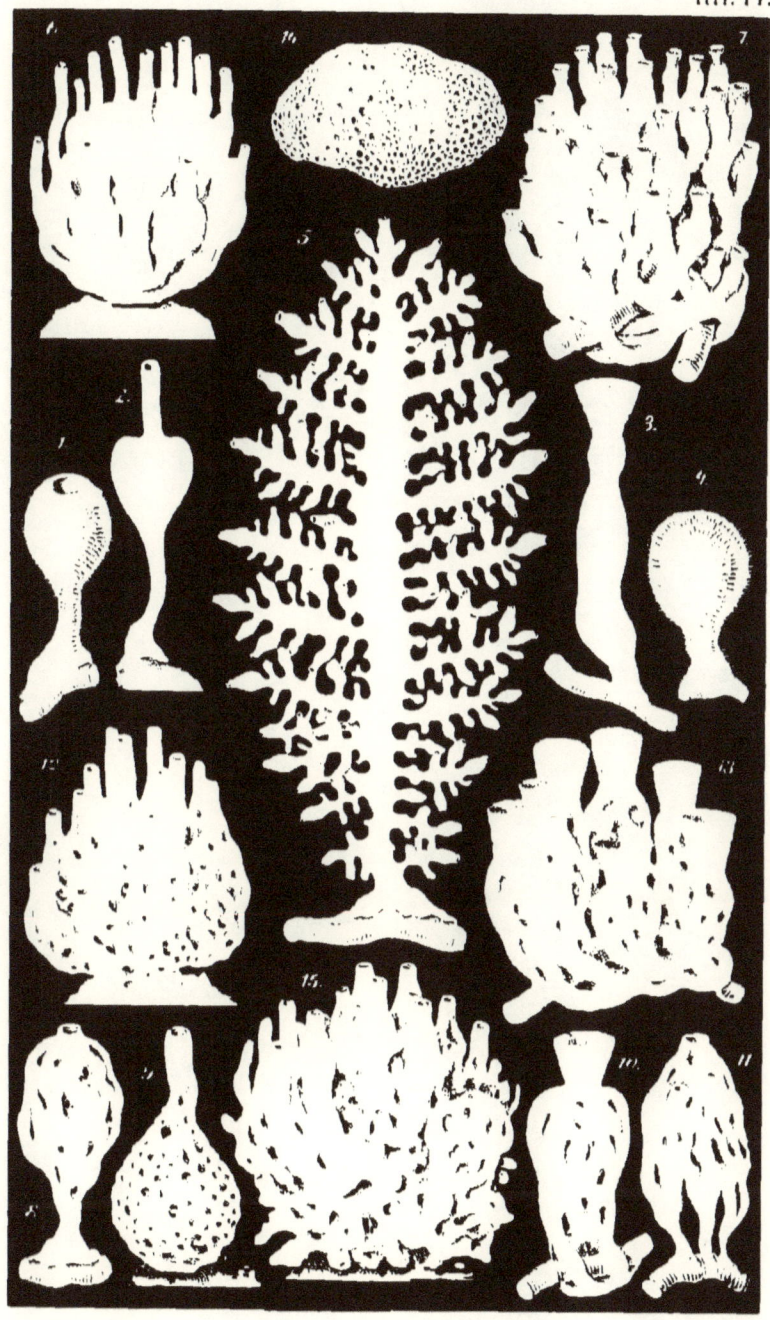

Erklärung der Tafel 18.

Familie: Ascones.

Genus: Ascandra.

Species:

Ascandra variabilis.

(Polymorphose.)

Tafel 18.

Ascandra variabilis (System p. 106).

Taf. 18 stellt eine Auswahl der äusserst verschiedenartigen und mannichfaltigen Formen dar, welche diese höchst veränderliche Species an einem und demselben Standorte bildet. Alle auf dieser Tafel abgebildeten Formen sind von mir selbst in der Goethe-Bucht bei Brandesund auf der norwegischen Insel Gis-Oe gesammelt; sie stellen nur eine kleine Auswahl aus dem Formen-Reichthum dar, der dort zu finden ist. Alle Figuren sind viermal vergrössert.

Fig. 1. **Olynthus variabilis.** Vier solitäre, nacktmündige Personen, auf einem Conferven-Faden (einem Aste von Cladophora rupestris) sitzend.

Fig. 2. **Olynthium variabile.** Drei solitäre Personen mit bekränzter Mundöffnung, auf einem Steine sitzend.

Fig. 3. **Clistolynthus variabilis.** Drei mundlose Personen, auf einem Steine sitzend.

Fig. 4—8. **Soleniscus variabilis.** Stöcke mit lauter nacktmündigen Personen (vergl. p. 110).

Fig. 4. Drei Stöcke mit je zwei Personen auf einem verzweigten Cladophora-Aste.

Fig. 5. Drei Stöcke mit mehreren Personen auf einem Cladophora-Aste.

Fig. 6. Ein vielästiger Soleniscus-Stock auf einem Cladophora-Büschel.

Fig. 7. Ein vielästiger Soleniscus-Stock auf einem Rhodothamnus-Aste.

Fig. 8. Ein Soleniscus-Stock mit rankenförmigen Aesten auf einem Furcellaria-Busche.

Fig. 9. **Ascometra variabilis.** Ein polymorpher Stock mit bandförmig-plattgedrückten Aesten, auf der Schaale einer lebenden Lima hians; der grösste Theil des Stockes besteht aus nacktmündigen Personen (Soleniscus), ein Theil aber auch aus einmündigen Personen-Gruppen (Tarrus) und ein anderer Theil aus einem mundlosen Röhrengeflecht (Auloplegma).

Fig. 10. **Solenidium variabile.** Ein Stock mit sechs kranzmündigen Personen, auf einem Steine sitzend.

Fig. 11. **Tarrus variabilis.** Ein Stock, dessen Personen sich gruppenweise durch gemeinsame nackte Mündungen öffnen (von einem Steine).

Fig. 12. **Nardorus variabilis.** Ein Stock mit einer einzigen gemeinsamen nackten Mundöffnung (aus einem Felsenloche).

Fig. 13—15. **Auloplegma variabile.** Drei Stöcke ohne Mundöffnungen.

Fig. 13. Ein Auloplegma-Stock mit kolbenförmigen Aesten (von einem Steine).

Fig. 14. Ein Auloplegma-Stock mit rankenförmigen Aesten (von einer Conferve).

Fig. 15. Ein polsterförmiger Auloplegma-Stock (von einem Steine).

Erklärung der Tafel 19.

Familie: Ascones.

Genus: Ascandra.

Species:

Ascandra pinus.

(Soleniscus-Form.)

Tafel 19.

Ascandra pinus (System p. 105.)

Der reichverzweigte Stock von *Ascandra pinus*, von der Küste der Normandie, welcher auf dieser Tafel in vierfacher Vergrösserung dargestellt ist, besteht aus lauter nacktmündigen Personen, und ist daher im künstlichen Systeme als *Soleniscus pinus* zu bezeichnen. Die kleineren und grösseren Aestchen oder Personen, welche ziemlich dicht und regelmässig theils in Quirlen, theils in Spiralen um die Hauptzweige und um den centralen Stamm vertheilt sind, bilden nirgends Anastomosen und Verwachsungen, sondern bleiben frei und enden mit nackter Mundöffnung. Der Umriss des ganzen Stockes ist pyramidal-konisch. Unten sitzt der hohle Stamm mit einer wurzelartig ausgebreiteten Platte auf.

Erklärung der Tafel 20.

Familie: Ascones.

Genus: Ascandra.

Species:

Ascandra reticulum.

(Schema des Gastrocanal-Systems und des Intercanal-Systems der Asconen bei den polymorphen Formen einer Species.)

Tafel 20.

Canal-System der Asconen.

Schematische Darstellung der verschiedenen Verhältnisse des Gefässsystems bei den Asconen. Sämmtliche Figuren stellen bei schwacher Vergrösserung verschiedene polymorphe Formen (generische Varietäten) einer einzigen Art dar:

Ascandra reticulum (System p. 87).

Fig. 5, 9, 13, 14, 16 sind Querschnitte, die übrigen Figuren Längsschnitte. Das Exoderm ist durch blaue, das Entoderm durch rothe, die Hohlräume des Gastrocanal-Systems durch schwarze Farbe bezeichnet. Die Hohlräume des Intercanal-Systems sind weiss.

Fig. 1. Flimmernde Larve ohne Mundöffnung (*Planula*) im Längsschnitt.

Fig. 2. Flimmernde Larve mit Mundöffnung (*Gastrula*) im Längsschnitt.

Fig. 3. Erstes Stadium des festsitzenden jungen Ascon (*Olynthus*) im Längsschnitt.

Fig. 4. Eine solitäre Person ohne Mundöffnung (*Clistolynthus*) im Längsschnitt..

Fig. 5. Querschnitt durch die solitäre Person, Fig. 3 oder 4.

Fig. 6—10. Ascon-Stöcke mit lauter nacktmündigen Personen (*Soleniscus*).

Fig. 6. Ein Soleniscus-Stock mit zwei Personen, durch Längstheilung entstanden.

Fig. 7. Ein Soleniscus-Stock mit zwei Personen, durch laterale Knospung entstanden.

Fig. 8. Ein Soleniscus-Stock mit zwei Personen, durch Concrescenz entstanden.

Fig. 9. Querschnitt durch Fig. 8 (ebenso auch durch Fig. 6 oder Fig. 11).

Fig. 10. Ein Soleniscus-Stock mit zahlreichen Personen, durch laterale Knospung entstanden.

Fig. 11—14. Ascon-Stöcke mit einer einzigen gemeinsamen nackten Mundöffnung (*Nardorus*).

Fig. 11. Ein Nardorus-Stock mit zwei Personen, durch Concrescenz entstanden.

Fig. 12. Ein Nardorus-Stock von der gewöhnlichen Birnform, mit zahlreichen Personen; eine centrale Person mit bauchig erweiterter Magenhöhle.

Fig. 13. Querschnitt durch den Nardorus-Stock, Fig. 12.

Fig. 14. Querschnitt durch einen Nardorus-Stock, welcher durch secundäre Concrescenz aus drei primär getrennten Stöcken von der Form der Fig. 12 entstanden ist.

Fig. 15—20. Ascon-Stöcke ohne Mundöffnungen (*Auloplegma*).

Fig. 15. Ein birnförmiger Auloplegma-Stock mit Pseudogaster und Pseudostom (*Pseudonardus*), welcher täuschend die gewöhnliche Birnform des *Nardorus* (Fig. 12) nachahmt.

Fig. 16. Querschnitt durch den Auloplegma-Stock, Fig. 15.

Fig. 17. Ein fast kugeliger Auloplegma-Stock mit Pseudogaster und Pseudostom (*Pseudonardus*), dessen Pseudostom rüsselartig verlängert ist.

Fig. 18. Ein fast kugeliger Auloplegma-Stock, entstanden durch Concrescenz mehrerer birnförmiger Auloplegma-Stöcke.

Fig. 19. Ein netzförmiger Auloplegma-Stock, dessen Aeste in einer Ebene liegen.

Fig. 20. Ein polsterförmiger Auloplegma-Stock, dessen Aeste in mehreren Ebenen liegen.

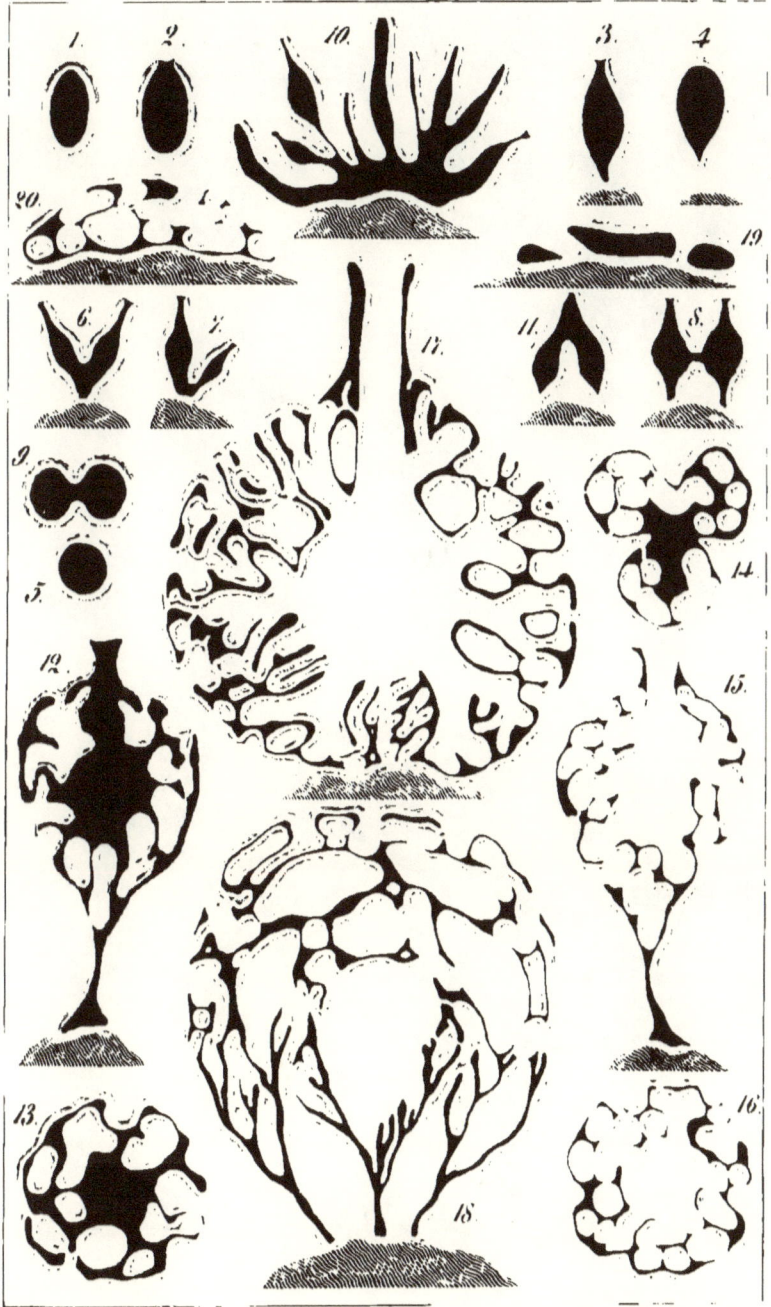

Erklärung der Tafel 21.

Familie: Leucones.

Genus: Leucetta.

Species:

Leucetta primigenia.

(Polymorphose und Anatomie.)

Tafel 21.

Leucetta primigenia (System p. 118).

Fig. 1 bis 6 und 10 bis 15 sind in natürlicher Grösse abgebildet; Fig. 7 und 8 sind 5mal, Fig. 16 ist 60mal, Fig. 9 und 17 sind 300mal vergrössert.

Fig. 1—9. **Leucetta isoraphis** (Varietät von *Leucetta primigenia*, deren Dreistrahler sämmtlich von gleicher Grösse (mittelklein) sind).

Fig. 1. **Dyssycus primigenius** (Var. *isoraphis*). Eine solitäre Person mit nackter Mundöffnung.

Fig. 2. **Lipostomella primigenia** (Var. *isoraphis*). Eine solitäre Person ohne Mundöffnung.

Fig. 3. **Artynas primigenius** (Var. *isoraphis*). Ein Stock mit mehreren einmündigen Personen - Gruppen.

Fig. 4. **Coenostomus primigenius** (Var. *isoraphis*). Ein Stock mit einer einzigen gemeinsamen nackten Mundöffnung.

Fig. 5. **Leucometra primigenia** (Var. *isoraphis*). Ein Stock, dessen constituirende Personen-Gruppen theils nacktmündig, theils gruppenmündig, theils mundlos sind.

Fig. 6. **Aphroceras primigenium** (Var. *isoraphis*). Ein Stock ohne Mundöffnungen.

Fig. 7. Querschnitt durch die nacktmündige Person (Fig. 1, *Dyssycus*). Vergr. 5.

Fig. 8. Ein Stückchen eines Längsschnittes durch die nacktmündige Person (Fig. 1, *Dyssycus*). Vergr. 5.

Fig. 9. Drei mittelkleine Dreistrahler der Varietät *isoraphis*. Vergr. 300.

Fig. 10—17. **Leucetta microraphis** (Varietät von *Leucetta primigenia*, deren Dreistrahler grösstentheils mittelklein, aber überall gemischt mit einzelnen colossalen Dreistrahlern sind).

Fig. 10. **Dyssycus primigenius** (Var. *microraphis*). Eine solitäre Person mit nackter Mundöffnung.

Fig. 11. Dieselbe Person im Längsschnitt.

Fig. 12. **Lipostomella primigenia** (Var. *microraphis*). Eine solitäre Person ohne Mundöffnung, im Längsschnitt.

Fig. 13. **Lipostomella primigenia** (Var. *microraphis*). Eine solitäre Person ohne Mundöffnung, ganz massiv, mit obliterirter Magenhöhle; im Längsschnitt.

Fig. 14. **Amphoriscus primigenius** (Var. *microraphis*). Ein Stock mit zwei nacktmündigen Personen, im Längsschnitt.

Fig. 15. **Aphroceras primigenius** (Var. *microraphis*). Ein Stock mit zwei Personen, ohne Mundöffnung, im Längsschnitt.

Fig. 16. Ein colossaler Dreistrahler der Varietät *microraphis*. Vergr. 60.

Fig. 17. Fünf mittelkleine Dreistrahler der Varietät *microraphis*. Vergr. 300.

Erklärung der Tafel 22.

Familie: Leucones.

Genus: Leucetta.

Species:

L. trigona. L. sagittata. L. pandora. L. corticata.

(Anatomie.)

Tafel 22.

Fig. 1. **Leucetta trigona** (System p. 123). Ein Stock mit zwei nacktmündigen Personen (*Amphoriscus trigonus*). Die rechte Person ist durch einen Längsschnitt geöffnet, um die Magenhöhle zu zeigen. Vergr. 2.

Fig. 1a bis 1f. Reguläre Dreistrahler von *Leucetta trigona* (1a jüngste, 1f älteste Form). Vergr. 100.

Fig. 2. **Leucetta sagittata** (System p. 125). Ein Stock, dessen Personen sich gruppenweise durch gemeinsame nackte Mündungen öffnen (*Artynas sagittatus*). Natürliche Grösse.

Fig. 2a bis 2e. Sagittale Dreistrahler von *Leucetta sagittata*. 2a Grosse Dreistrahler der Dermalfläche. 2b, 2c, 2d Mittelgrosse Dreistrahler des Wand-Parenchyms. 2e Mittelkleine Dreistrahler der Gastralfläche. Vergr. 100.

Fig. 3. **Leucetta pandora** (System p. 127).

Fig. 3a bis 3c. Eine einzelne Person mit nackter Mundöffnung (*Dyssycus pandora*).

Fig. 3a. Längsschnitt durch die Varietät *omnibus* (mit einfacher Magenhöhle (v)). Vergr. 2.

Fig. 3b. Längsschnitt durch die Varietät *loculifera* (mit fächeriger Magenhöhle (vv)). Vergr. 2.

Fig. 3c. Querschnitt durch die Varietät *loculifera* (mit fächeriger Magenhöhle (vv)). Vergr. 5.

Fig. 4—8. **Leucetta corticata** (System p. 129).

Fig. 4. Ein Stock ohne Mundöffnung (*Aphroceras corticatum*), um einen Fucoideen-Stamm herumgewachsen. Natürliche Grösse.

Fig. 5. Querschnitt durch einen Ast (eine Person) des in Fig. 4 abgebildeten Stockes. Der Kalk ist durch Salzsäure entfernt. c Rindenschicht. m Markschicht mit den Geisselkammern. r Magenhöhle. Vergr. 20.

Fig. 6. Ein regulärer Dreistrahler der Rindenschicht. Vergr. 100.

Fig. 7. Sagittale Dreistrahler aus dem äusseren Theile der Markschicht. Vergr. 400.

Fig. 8. Sagittale Dreistrahler aus dem inneren Theile der Markschicht. Vergr. 400.

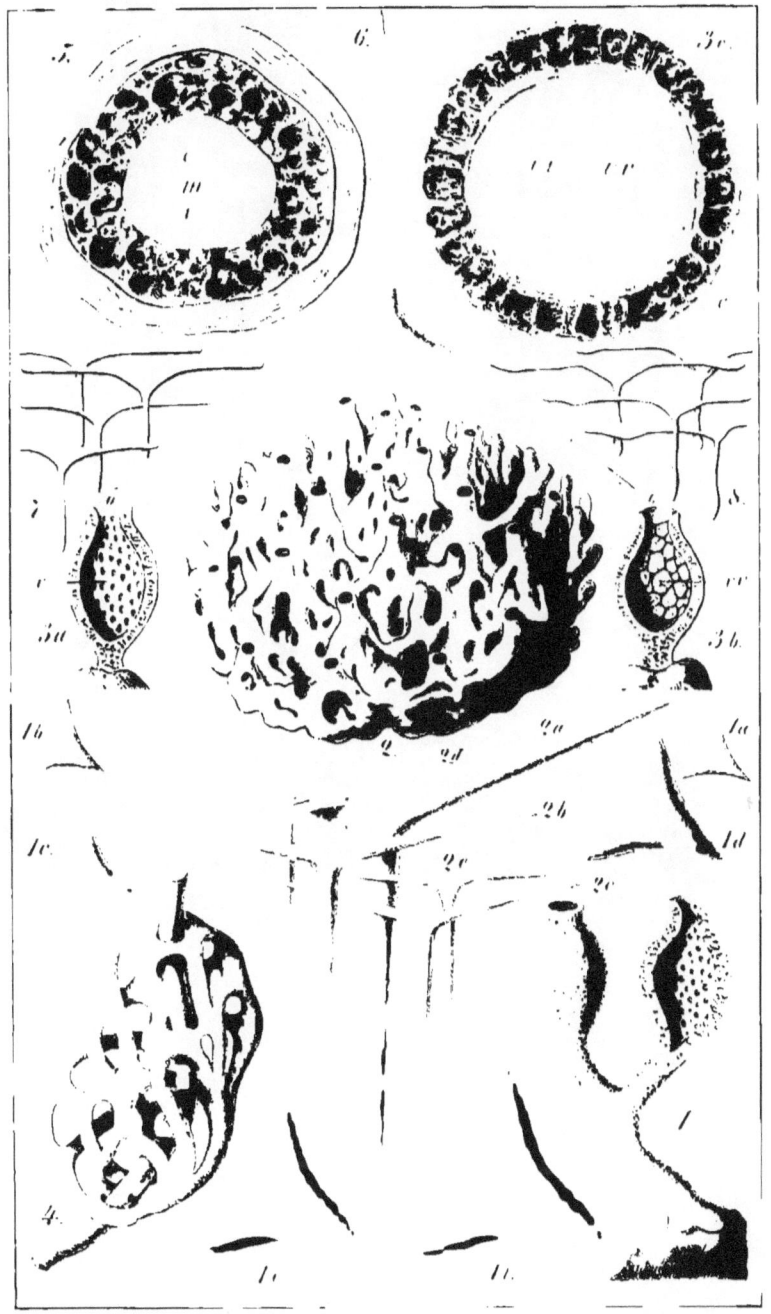

Erklärung der Tafel 23.

Familie: Leucones.

Genus: Leucetta.

Species:

Leucetta pandora.

(Spicula des Skelets.)

Tafel 23.

Leucetta pandora (System p. 127).

Alle Figuren sind 200 mal vergrössert.

Die Figuren dieser Tafel stellen eine Auswahl von Dreistrahlern der *Leucetta pandora*, Var. *omnibus*, bei zweihundertmaliger Vergrösserung dar Die Hauptmasse der Dreistrahler ist irregulär; doch finden sich dazwischen auch einzelne reguläre und subreguläre, sagittale und subsagittale Dreistrahler. Die Biegsamkeit der Nadelform übersteigt bei dieser Species jede Grenze, und steht in schroffstem Gegensatze zu der absoluten Constanz der regulären Dreistrahler der Leucetta primigenia.

a Ganz junge reguläre Dreistrahler.

b Entwickelte reguläre Dreistrahler.

c Colossale sagittale Dreistrahler.

d Rechtwinkeliger sagittaler Dreistrahler.

e Sagittaler Dreistrahler mit hypertrophischem Basal-Schenkel.

f Gabelförmiger Dreistrahler mit hypertrophischem Basal-Schenkel.

g Gabelförmiger Dreistrahler mit atrophischem Basal-Schenkel.

h Gabelförmiger Dreistrahler mit keulenförmigem Basal-Schenkel und ungleichen Lateral-Schenkeln.

    (Diese eigenthümliche Form, auf welche eine besondere neue Gattung und Art: *Lelapia australis*, gegründet worden ist, kommt auch bei *Leucortis pulvinar*, Var. *indica* vor (vergl. System p. 166).

i Ankerförmige Dreistrahler mit zurückgekrümmten Lateral-Schenkeln.

k, l Ankerförmige subsagittale Dreistrahler.

m, n Subsagittale Dreistrahler.

o, p Völlig irreguläre Dreistrahler.

q Ganz junge irreguläre Dreistrahler.

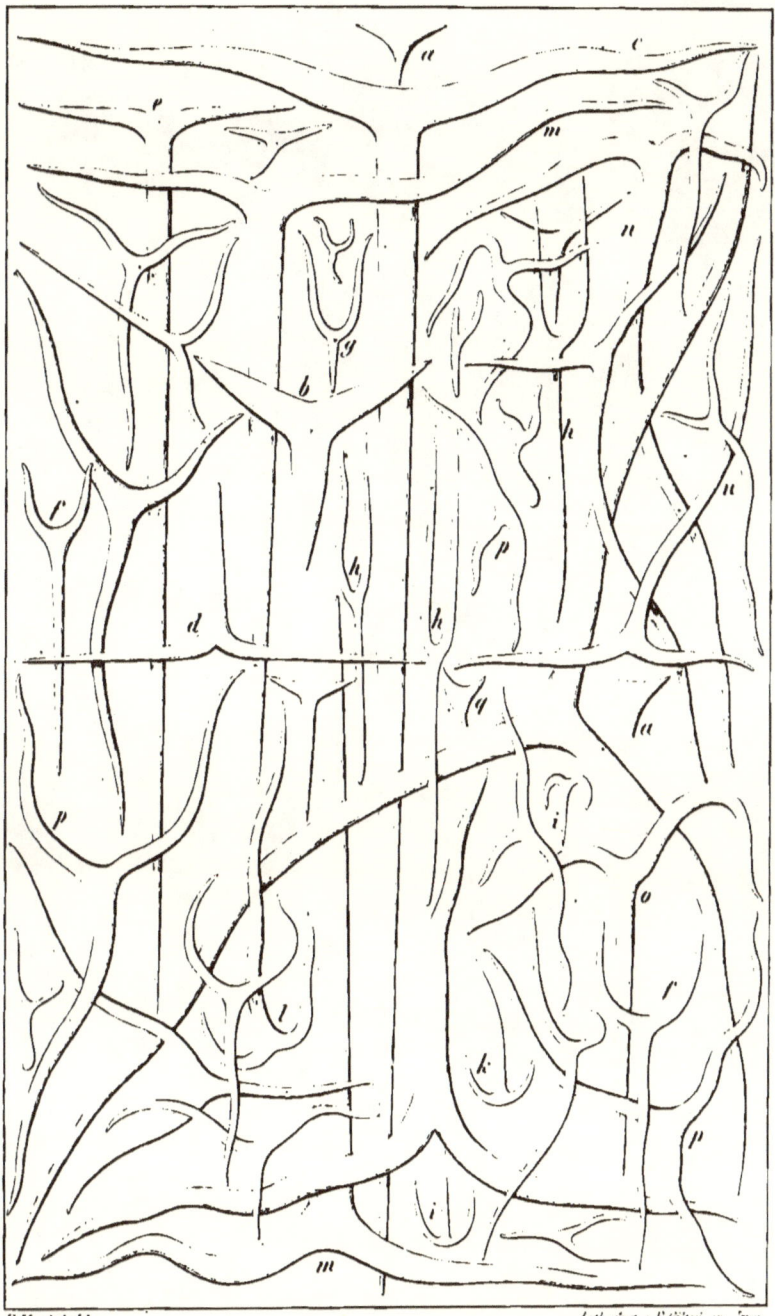

F. Haeckel del.　　　　　　　　　　　Lith. Anst. v. E. Giltsch in Jena.

Erklärung der Tafel 24.

Familie: Leucones.

Genus: Leucilla.

Species:

L. amphora.　L. capsula.

(Anatomie.)

Tafel 24.

Fig. 1—3. **Leucilla capsula** (System p. 134).

Fig. 1. Eine Person ohne Mundöffnung (*Lipostomella capsula*), longitudinal durchschnitten. Man sieht die geschlossene Magenhöhle, von welcher die verästelten Parietal-Canäle ausstrahlen. Vergr. 4.

Fig. 2. Vier grössere vierstrahlige Spicula von der äusseren Dermalfläche. Vergr. 100.

Fig. 3. Vier kleinere vierstrahlige Spicula aus dem inneren Parenchym der Magenwand. Vergr. 100.

Fig. 4—15. **Leucilla amphora** (System p. 132).

Fig. 4. Eine krugförmige Person mit nackter Mundöffnung (*Dyssycus amphora*). Natürliche Grösse.

Fig. 5. Dieselbe Person im Längsschnitt. Natürliche Grösse.

Fig. 6. Eine cylindrische Person mit nackter Mundöffnung (*Dyssycus amphora*). Natürliche Grösse.

Fig. 7. Dieselbe Person im Längsschnitt. Natürliche Grösse.

Fig. 8. Ein Stück der Person in Fig. 4, 5. Rechts ist ein Stück herausgeschnitten, so dass man in das Innere der Magenhöhle und oben zugleich die Oberfläche des Querschnitts sieht. Links, auf der äusseren Oberfläche, sind die zahlreichen runden Hautporen und dazwischen die drei facialen, in der Fläche liegenden Schenkel der dermalen Vierstrahler (Fig. 9—11) sichtbar. Oben auf dem Querschnitt und ebenso rechts auf dem Längsschnitt der Magenwand erblickt man die radial nach innen gehenden centripetalen Apical-Schenkel der letzteren, und die ihnen entgegenkommenden centrifugalen Apical-Schenkel der gastralen Vierstrahler. Auf der Innenfläche der Magenwand (in der Mitte) sieht man die grossen unregelmässigen Gastral-Mündungen der verästelten Parietal-Canäle, und zwischen ihnen die Facial-Strahlen der gastralen Vierstrahler. Vergr. 25.

Fig. 9, 10, 11. Drei dicke dermale Vierstrahler. Die drei facialen (hellen) Strahlen liegen in der Dermalfläche. Der apicale (dunkle) Strahl ist verkürzt und springt centripetal in das Wand-Parenchym vor; der basale Strahl ist abwärts gerichtet. Vergr. 100.

Fig. 12. Ein dicker gastraler Vierstrahler. Der basale Strahl ist nach unten gerichtet und stark verkürzt, der apicale nach oben gerichtet und wenig verkürzt. Vergr. 100.

Fig. 13. Sechs dünne irreguläre Vierstrahler mitten aus dem Wand-Parenchym. Vergr. 100.

Fig. 14, 15. Sagittale dünne Vierstrahler aus dem inneren Ueberzug der Magenfläche und der grösseren Canäle (Fig. 14 von der Fläche, Fig. 15 im Profil gesehen. Der Apical-Strahl springt frei nach links vor). Vergr. 100.

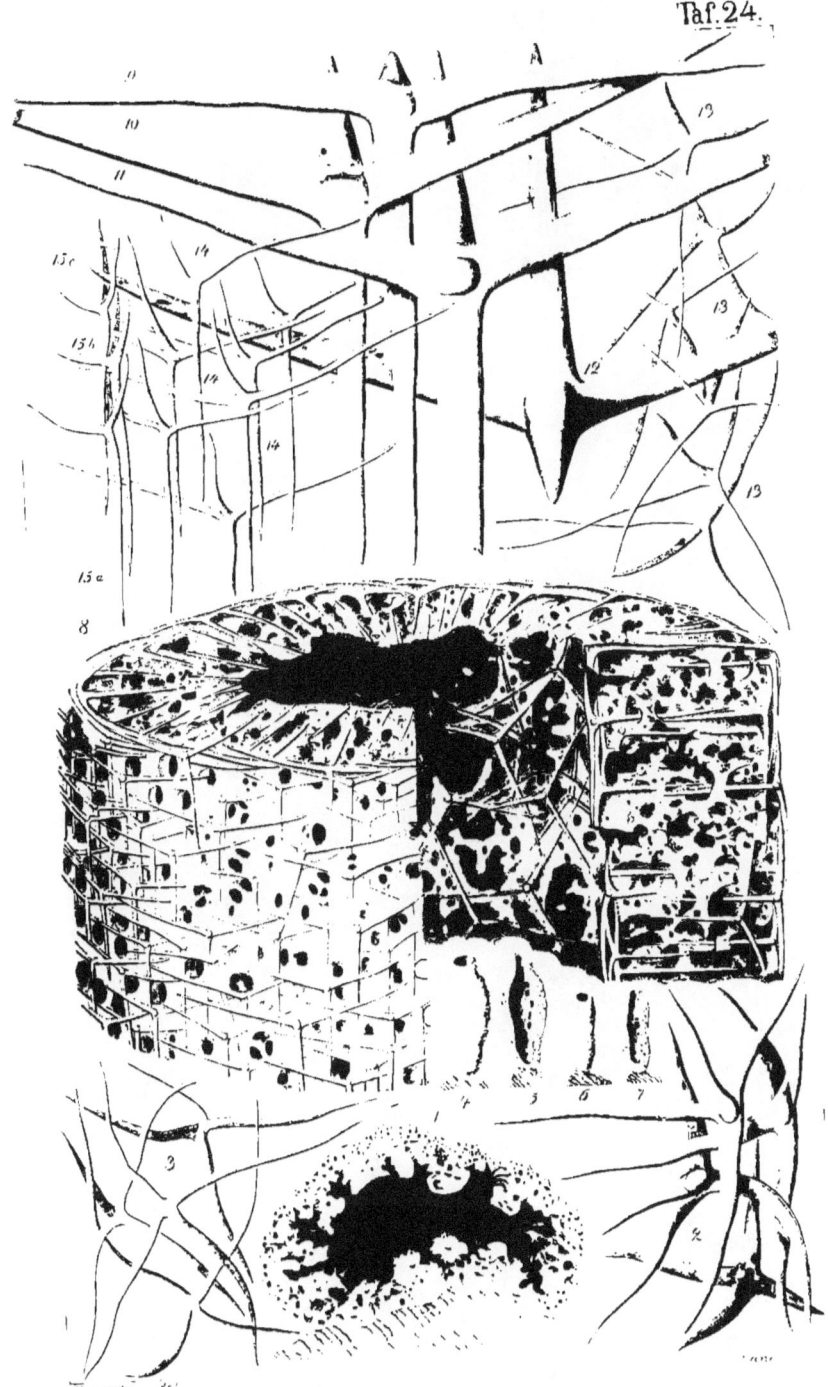

Taf.24.

Erklärung der Tafel 25.

Familie: Leucones.

Genus: Leucyssa.

Species:

L. spongilla. L. cretacea. L. incrustans.

(Anatomie und Ontogenie.)

Tafel 25.

Fig. 1—10. **Leucyssa incrustans** (System p. 139).

Fig. 1. Ein Stock mit vier nacktmündigen Personen (*Amphoriscus incrustans*). Vergr. 2.

Fig. 2. Ein Stückchen Gastralfläche mit einem Gastral-Ostium. *e* Syncytium des Exoderm. *d* Kerne desselben. *s* Stabnadeln. Die Sarcodine in der Umgebung des Gastral-Ostium ist in ringförmige concentrische Falten gelegt, welche Ringmuskeln vorspiegeln. Vergr. 400.

Fig. 3. Schnitt durch eine weibliche Geissel-Kammer (c c), in welche oben ein Ramal-Canal (c) einmündet. Andere Ramal-Canäle sind quer durchschnitten (c). Der Kalk ist durch Essigsäure entfernt, so dass bloss die Scheiden (s) der Spicula sichtbar sind. *e* Syncytium des Exoderm. *d* Kerne desselben. *i* Geisselzellen des Entoderm. *g* Eizellen. Das hyaline Exoderm ist an diesen Eizellen ausnehmend dick und bildet eine ansehnliche helle Rindenschicht, welche eine Membran vorspiegelt, und sich scharf von dem körnigen Endoplasma absetzt. Vergr. 400.

Fig. 4. Schnitt durch eine männliche Geisselkammer (c c). *z* Häufchen von Spermazellen. *i* Nutritive Geisselzellen des Entoderm. *d* Kerne des Syncytium. *s* Spicula. Vergrösserung 400.

Fig. 5. Vier einzelne nutritive Geisselzellen mit Kragen von verschiedener Form (neben dem Kern contractile Vacuolen). Vergr. 1000.

Fig. 6. Vier Geisselzellen, welche sich in amoeboide Zellen verwandelt haben. Vergr. 1000.

Fig. 7. Drei Spermazellen oder Zoospermien. Vergr. 1000.

Fig. 8. Zwei durch Zerzupfen isolirte Fetzen des Syncytium, welche amoeboide Bewegungen ausführen (*8a* mit einem Kern, *8b* mit zwei Kernen). Vergr. 1000.

Fig. 9. Eine kleine Stabnadel, aus dem lebenden Thiere durch Zerzupfen isolirt. Von der dünnen Sarcodine-Schicht, welche die Nadelscheide überzieht, strahlen senkrecht Tausende von äusserst feinen Fäden aus (Pseudopodien?). Vergr. 1000.

Fig. 10. Eine isolirte grosse Stabnadel. Vergr. 400.

Fig. 11—13. **Leucyssa spongilla** (System p. 137).

Fig. 11. Ein Stock mit einer einzigen gemeinsamen, mit einem grossen Peristom-Kranze umgebenen Oeffnung (*Coenostomium spongilla*). Im Systeme (Band II., S. 137 und S. 406) ist diese Form irrthümlich als *Artynium spongilla* aufgeführt. Vergr. 2.

Fig. 12. Derselbe Stock im Längsschnitt. Vergr. 2.

Fig. 13. Eine einzelne Stabnadel. Vergr. 100.

Fig. 14—17. **Leucyssa cretacea** (System p. 138).

Fig. 14—17 stellen die verschiedenen Formen von Stabnadeln mit Oehr (Nähnadeln) dar, welche das ganze Skelet dieser Art bilden. Vergr. 400.

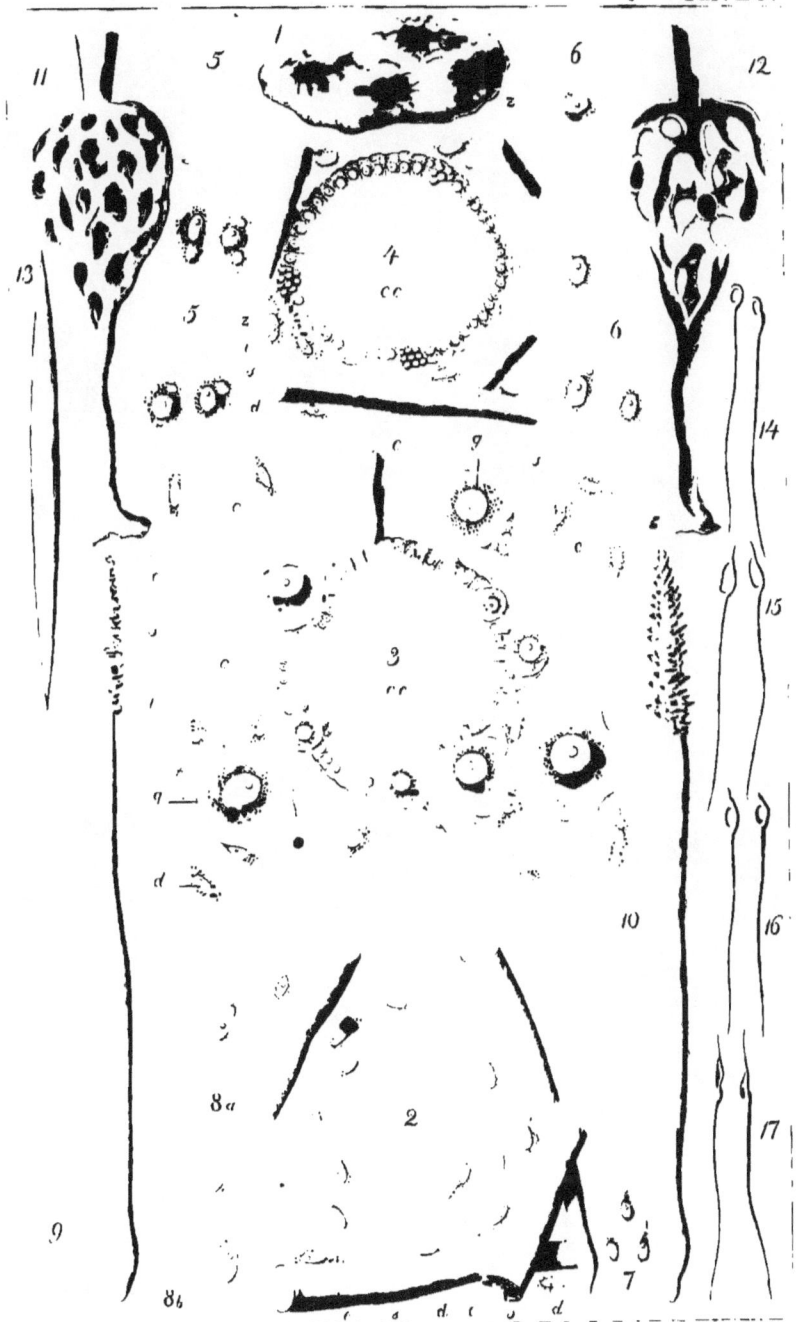

Erklärung der Tafel 26.

Familie: Leucones.

Genus: Leucaltis.

Species:

Leucaltis floridana.

(Polymorphose und Anatomie.)

Tafel 26.

Leucaltis floridana (System p. 144).

Fig. 1—4. Solitäre Personen mit nackter Mundöffnung (*Dyssycus floridanus*).

Fig. 1. Eine sehr unregelmässige nacktmündige Person. *o* Osculum. Natürliche Grösse.

Fig. 2. Eine keulenförmige nacktmündige Person, durch einen Längsschnitt geöffnet. *r* Magenhöhle. *o* Osculum. Natürliche Grösse.

Fig. 3. Eine keulenförmige nacktmündige Person. *o* Osculum. $x—y$ Linie des Querschnitts, Fig. 4. Vergr. 4.

Fig. 4. Querschnitt durch die nacktmündige Person Fig. 3 in der Höhe der Linie $x—y$. Um den Querschnitt der centralen Magenhöhle herum stehen die Querschnitte von weiten longitudinalen Canälen. Vergr. 8.

Fig. 5. Eine solitäre Person ohne Mundöffnung (*Lipostomella floridana*) mit sehr verengter Magenhöhle (*r*). Längsschnitt. Vergr. 2.

Fig. 6—11. Stöcke mit lauter nacktmündigen Personen (*Amphoriscus floridanus*).

Fig. 6. Ein Amphoriscus-Stock mit zwei Personen, durch unvollständige Längstheilung entstanden. Natürliche Grösse.

Fig. 7. Derselbe Stock (Fig. 6) von der Oralseite gesehen. *o, o* Mundöffnungen. Natürliche Grösse.

Fig. 8. Ein Amphoriscus-Stock mit zwei Personen, durch unvollständige Längstheilung entstanden, von der Mundseite gesehen. *o* Osculum. Vergr. 2.

Fig. 9. Derselbe Stock (Fig. 8) im Längsschnitt. *r* Magenhöhlen. *o* Mundöffnungen. Vergrösserung 3.

Fig. 10. Ein Amphoriscus-Stock mit drei Personen. Natürliche Grösse.

Fig. 11. Derselbe Stock (Fig. 10) von der Oralseite. Natürliche Grösse.

Fig. 12. Ein colossaler Dreistrahler aus der Dermalfläche. Vergr. 50.

Fig. 13, 14. Zwei mittelkleine Dreistrahler aus dem Wand-Parenchym. Vergr. 200.

Fig. 15. Ein colossaler Vierstrahler aus dem Wand-Parenchym. Vergr. 50.

Fig. 16, 17. Zwei mittelkleine Vierstrahler aus dem Wand-Parenchym. Vergr. 200.

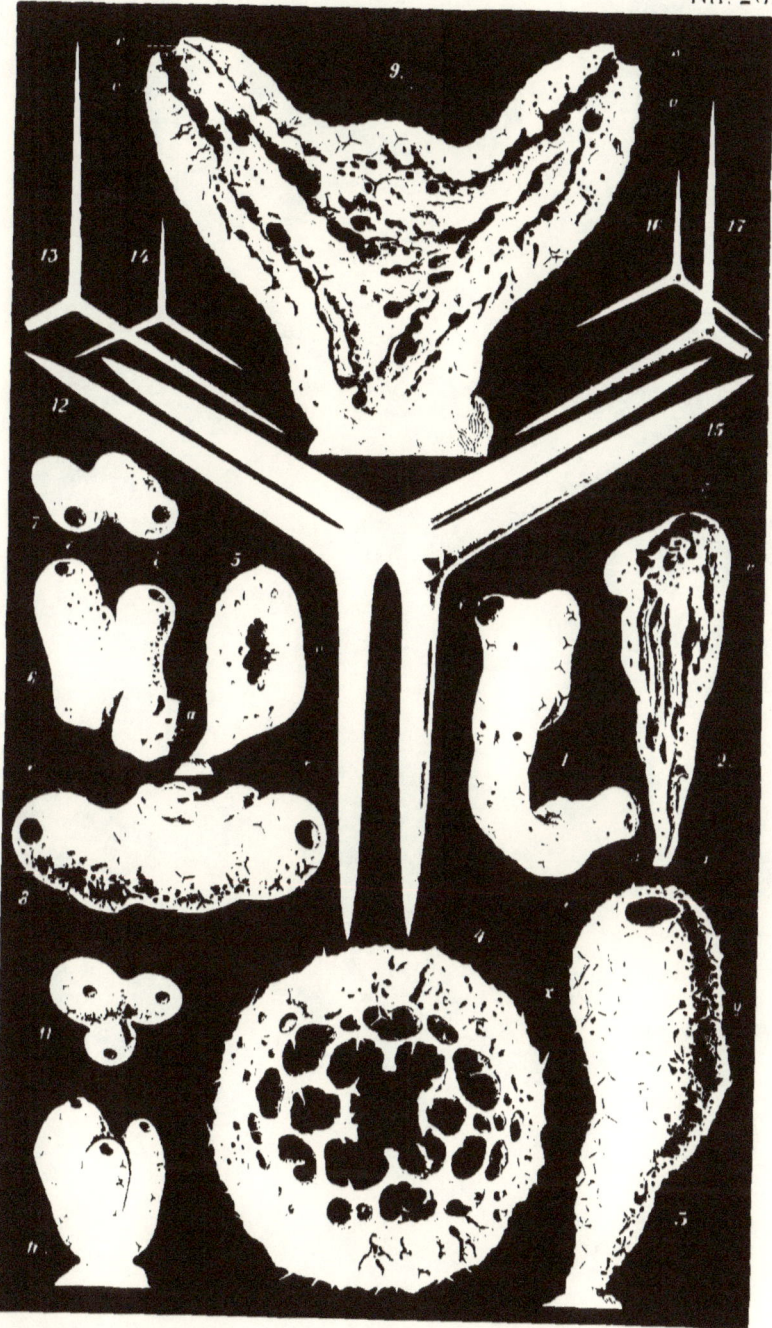

Erklärung der Tafel 27.

Familie: Leucones.

Genus: Leucaltis.

Species:

L. floridana.   L. pumila.   L. solida.

(Spicula des Skelets.)

Tafel 27.

Spicula des Genus Leucaltis.

Alle Figuren sind 100 mal vergrössert.

Fig. 1. **Leucaltis floridana** (System p. 144).

1 *a* Ein mittelkleiner Dreistrahler des Parenchyms.

1 *b* Ein colossaler Vierstrahler des Parenchyms.

Fig. 2. **Leucaltis pumila** (System p. 148).

2 *a*—2 *c* Grosse Dreistrahler des Gerüstes (2 *a* regulär, 2 *b*, 2 *c* sagittal).

2 *d* Mittelkleine Dreistrahler der Füllungsmasse.

2 *e* Mittelkleine Vierstrahler der Gastralfläche.

2 *f* Mittelkleine Vierstrahler des Rüssels.

2 *g* Mittelkleine Vierstrahler eines Ramal-Canals.

Fig. 3. **Leucaltis solida** (System p. 151).

3 *a*—3 *c* Grosse Dreistrahler des Gerüstes (3 *a* subregulär, 3 *b* sagittal, 3 *c* irregulär).

3 *d*, 3 *e* Mittelkleine Dreistrahler der Füllungsmasse (3 *d* irregulär, 3 *e* sagittal).

3 *f* Mittelkleine sagittale Dreistrahler der Gastralfläche mit atrophischem Basal-Schenkel.

3 *g* Mittelkleine sagittale Vierstrahler der Gastralfläche mit atrophischem Basal-Schenkel.

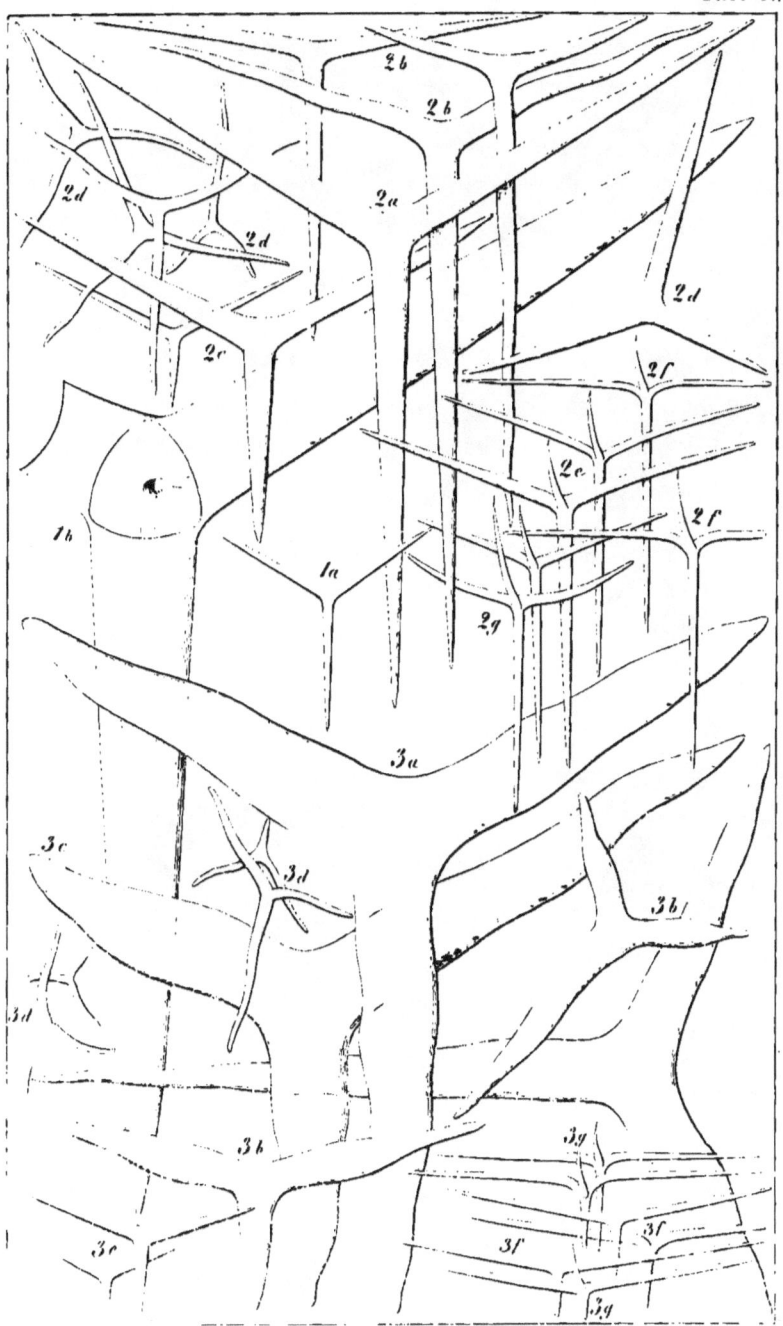

Erklärung der Tafel 28.

Familie: Leucones.

Genus: Leucaltis.

Species:

L. crustacea. L. bathybia. L. clathria.

(Spicula des Skelets.)

Tafel 28.

Spicula des Genus Leucaltis.

Alle Figuren sind 100 mal vergrössert.

Fig. 1. **Leucaltis crustacea** (System p. 146).

1 *a* Mittelkleine irreguläre Dreistrahler des Parenchyms.

1 *b* Mittelkleine sagittale Dreistrahler der Gastralfläche.

1 *c* Mittelkleine plumpe sagittale Vierstrahler der Dermalfläche.

Fig. 2. **Leucaltis bathybia** (System p. 156).

2 *a*, 2 *b* Mittelgrosse sagittale Vierstrahler des Gerüstes.

2 *c* Mittelkleine sagittale Vierstrahler der Gastralfläche.

2 *d* Mittelkleine sagittale Dreistrahler der Dermalfläche.

2 *e* Mittelkleine irreguläre Dreistrahler der Füllungsmasse.

Fig. 3. **Leucaltis clathria** (System p. 159).

3 *a* Zwei mittelgrosse reguläre Dreistrahler der Rindenschicht.

3 *b* Drei colossale reguläre Vierstrahler der Rindenschicht.

3 *c* Eine Masche der flockigen Markschicht, in deren Canal-W
winzige sagittale Dreistrahler und Vierstrahler liegen.

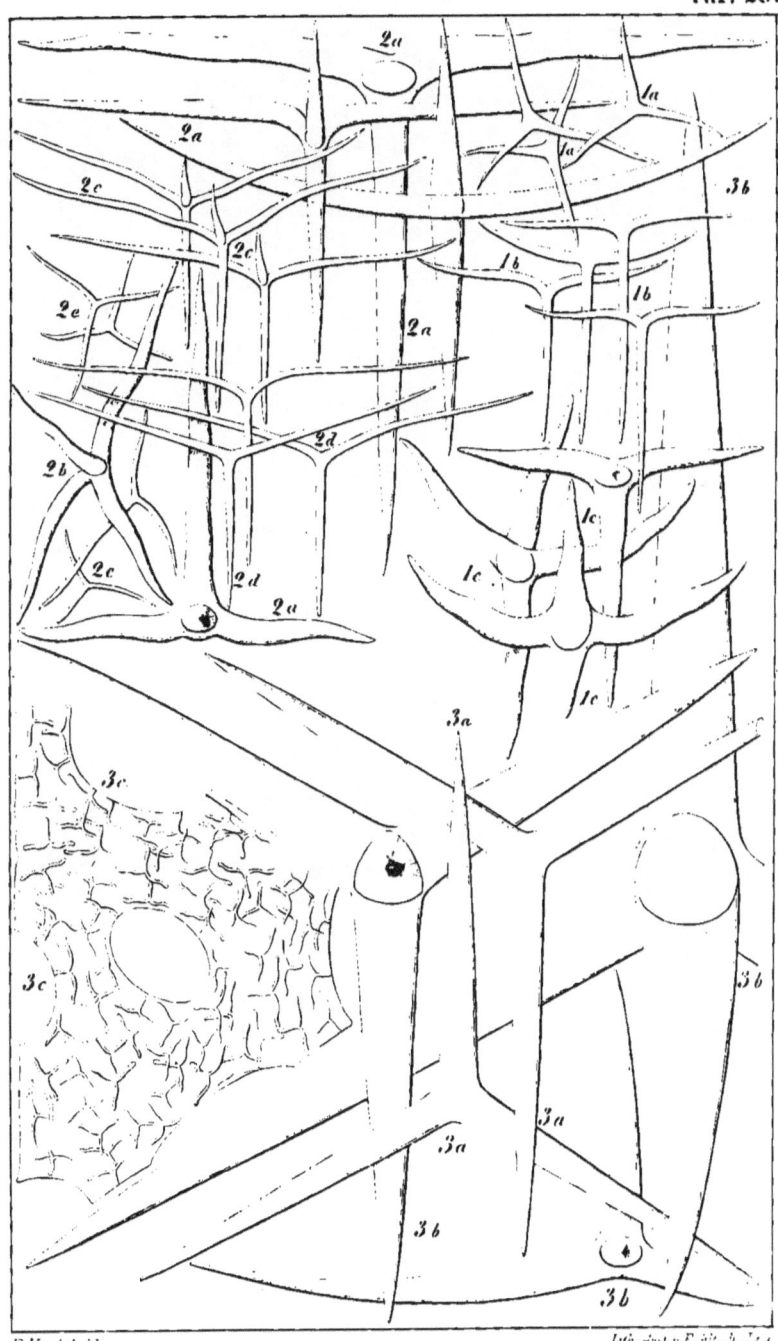

E Haeckel del. lith Anst v. E. Hitz. in Jena

Erklärung der Tafel 29.

Familie: Leucones.

Genus: Leucortis.

Species:
Leucortis pulvinar.

(Anatomie.)

Tafel 29.

Leucortis pulvinar (System p. 162).

Fig. 1. Längsschnitt durch die Mitte einer einzelnen, sehr jungen, nacktmündigen Person (*Dyssycus pulvinar*). Der Schnitt, welcher mitten-durch den Magen (v) geht, ist durch Carmin gefärbt und der Kalk der Spicula durch verdünnte Salzsäure entfernt. Man sieht von der engen Magenröhre, die sich oben durch eine nackte Mündung (o) öffnet, die engen verästelten Parietal-Canäle ausgehen, an deren Zweigen Gruppen von Geisselkammern sitzen, ganz ähnlich den Bläschen einer zusammengesetzten trauben-förmigen Drüse. In der äusseren Rindenschicht, welche keine Geisselkammern enthält, sind die feinen „Einströmungs-Canäle" bei dieser schwachen Vergrösserung nicht sichtbar. Vergr. 40.

Fig. 2. Ein kleines Stückchen des Schnittes (Fig. 1) stärker vergrössert. Man sieht zwei Geisselkammern, von denen die linke vollständig, die rechte durch den Schnitt ge-öffnet ist. Beide münden durch kurze Canäle in einen gemeinsamen grösseren Ca-nal (e). Andere Canäle, welche ebenfalls nicht flimmern, sind im Exoderm (c) auf dem Querschnitt sichtbar (e, e). Vergr. 400.

Fig. 3—10. Spicula der *Leucortis semitica* (arabische Varietät von *Leucortis pulvinar*). Vergrösserung 100.

Fig. 11—18. Spicula der *Leucortis indica* (indische Varietät von *Leucortis pulvinar*). Vergrösserung 100.

Fig. 3. Reguläre Dreistrahler des Wand-Parenchyms (selten).

Fig. 11. Subreguläre Dreistrahler des Wand-Parenchyms (ziemlich häufig).

Fig. 4—5. Sagittale Dreistrahler des Wand-Parenchyms (ziemlich häufig).

Fig. 7, 14, 15. Irreguläre Dreistrahler des Wand-Parenchyms (die häufigste Form).

Fig. 6, 12, 13. Sagittale Dreistrahler der dermalen, canalen und gastralen Flächen.

Fig. 8—10. Colossale gerade Stabnadeln des Wand-Parenchyms von *Leucortis semitica*.

Fig. 16—18. Colossale verbogene Stabnadeln des Wand-Parenchyms von *Leucortis indica*. Der Centralfaden ist in den Stabnadeln sichtbar.

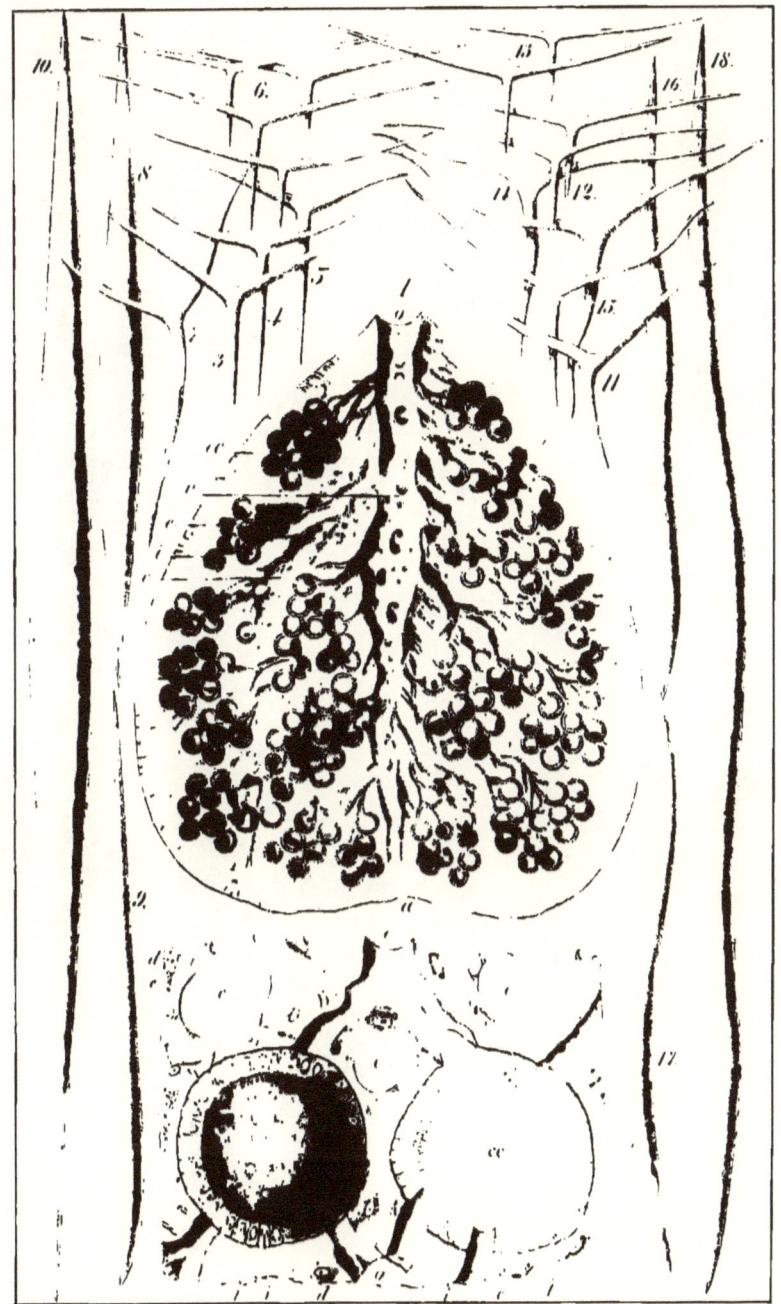

د

Erklärung der Tafel 30.

Familie: Leucones.

Genus: Leuculmis.

Species:

Leuculmis echinus.

(Anatomie und Ontogenie.)

Tafel 30.

Leuculmis echinus (System p. 167).

Fig. 1. Eine einzelne Person mit nackter Mundöffnung (*Dyssycus echinus*), frei, nicht aufgewachsen. Die kugelige Person ist durch einen Längsschnitt halbirt, so dass man in die Magenhöhle hineinsieht, deren Fläche von vielen grösseren und kleineren Gastral-Ostien durchbohrt ist. Vergr. 10.

Fig. 2. Eine amoeboide Eizelle in den verschiedenen Contractions-Zuständen, welche sie beim freien Umherkriechen nach einander annimmt (2 *A* bis 2 *E*). Vergr. 300.

Fig. 3—7. Furchung der befruchteten Eizelle. Vergr. 300.

Fig. 3. Die ungetheilte befruchtete Eizelle.

Fig. 4. Zerfall derselben in 2 Zellen.

Fig. 5. Zerfall derselben in 4 Zellen.

Fig. 6. Furchungs-Stadium mit 8 Zellen.

Fig. 7. Furchungs-Stadium mit 16 Zellen.

Fig. 8. Eine Flimmerlarve mit Magenhöhle und Mundöffnung (*Gastrula*). Die Dermalfläche ist mit einer Schicht sehr kleiner Geisselzellen bedeckt, die Mundöffnung mit einem Ring von grösseren dunkleren Zellen umgeben. Vergr. 400.

Fig. 9. Dieselbe Flimmerlarve (*Gastrula*) im optischen Längsschnitt. Die Magenhöhle, welche sich oben durch den Mund öffnet, ist von einer doppelten Zellenschicht umschlossen, innen einer Schicht dunkler, rundlicher, flimmerloser Zellen (Entoderm), aussen einer Schicht heller, cylindrischer Geisselzellen (Exoderm). Vergr. 400.

Fig. 10. Ein kleines Stückchen Magenwand der Flimmerlarve (*Gastrula*): oben liegen zwei dunkle Zellen des Entoderm (i), unten sechs Geisselzellen des Exoderm (d); jede von den letzteren mit Kern, contractiler Vacuole (e) und einer langen Geissel, deren Basis von einem cylindrischen Kragen des Exoplasma umgeben ist. Vergr. 1000.

Fig. 11. Ein Schnitt durch die Magenwand des *Dyssycus* (Fig. 1). *g* Innere Vierstrahler der Gastralfläche. *d* Aeussere Vierstrahler der Dermalfläche. *k* Unregelmässiges Fachwerk des Wand-Parenchyms, von kleineren Vierstrahlern gestützt. Vergr. 50.

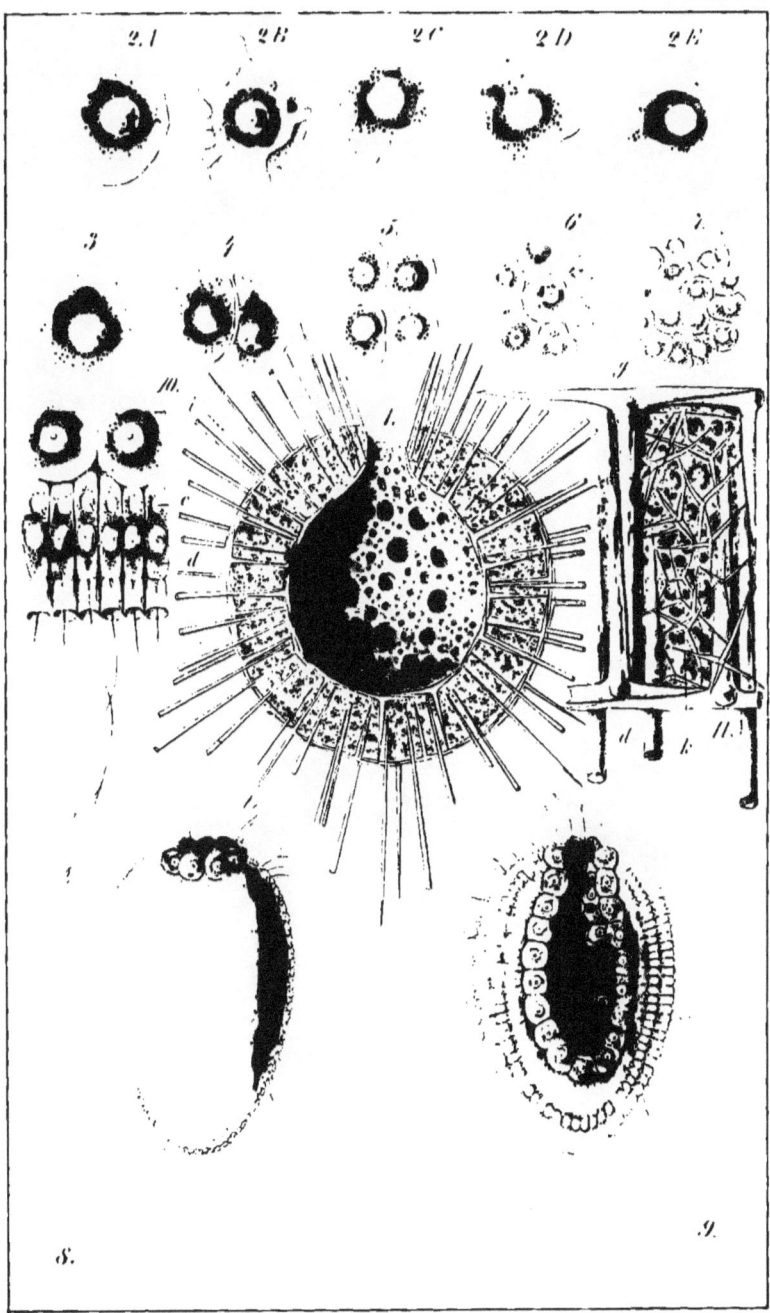

Erklärung der Tafel 31.

Familie: Leucones.

Genus: Leucandra.

Species:

L. caminus. L. lunulata. L. aspera. L. fistulosa.

(Spicula des Skelets.)

Tafel 31.

Spicula des Genus Leucandra.

Alle Figuren sind 100 mal vergrössert.

Fig. 1. **Leucandra caminus** (System p. 175).

1 *a* Mittelgrosse reguläre Dreistrahler des Parenchyms.

1 *b* Mittelkleine sagittale Dreistrahler des Parenchyms.

1 *c* Mittelkleine sagittale Vierstrahler der Gastralfläche. (Links ist der Apical-Strahl derselben (1 *c*) im Profil an dem Längsschnitte der Gastralfläche, *m — n*, sichtbar.)

1 *d* Colossale Stabnadel des Parenchyms.

Fig. 2. **Leucandra lunulata** (System p. 189).

2 *a* — 2 *c* Mittelkleine Dreistrahler des Parenchyms.

2 *d* Mittelkleine sagittale Vierstrahler der Gastralfläche. (Links ist der Apical-Strahl derselben, 2 *e*, im Profil an dem Längsschnitte der Gastralfläche, *m — n*, sichtbar.)

2 *f* Grosse sichelförmige oder halbmondförmige Stabnadeln der Dermalfläche (links proximales, rechts distales Ende derselben).

Fig. 3. **Leucandra aspera** (System p. 191).

3 *a* Mittelkleine reguläre Dreistrahler der Dermalfläche.

3 *b* Mittelkleine sagittale Dreistrahler der Canalwände.

3 *c* Mittelkleine reguläre Dreistrahler des Parenchyms.

3 *d* Mittelkleine sagittale Vierstrahler der Gastralfläche. (Links ist der Apical-Strahl derselben (3 *c*) im Profil, an dem Längsschnitte der Gastralfläche, *m — n*, sichtbar.)

3 *f* Proximales Ende von zwei colossalen spindelförmigen Stabnadeln.

Fig. 4. **Leucandra fistulosa** (System p. 197).

4 *a*, 4 *b* Mittelgrosse sagittale Dreistrahler des Parenchyms.

4 *c* Mittelgrosse irreguläre Vierstrahler des Parenchyms.

4 *d* Mittelgrosse sagittale Vierstrahler der Gastralfläche. (Links ist der Apical-Strahl derselben (4 *e*) im Profil an dem Längsschnitte der Gastralfläche, *m — n*, sichtbar.)

4 *f* Proximales Ende einer colossalen cylindrischen Stabnadel.

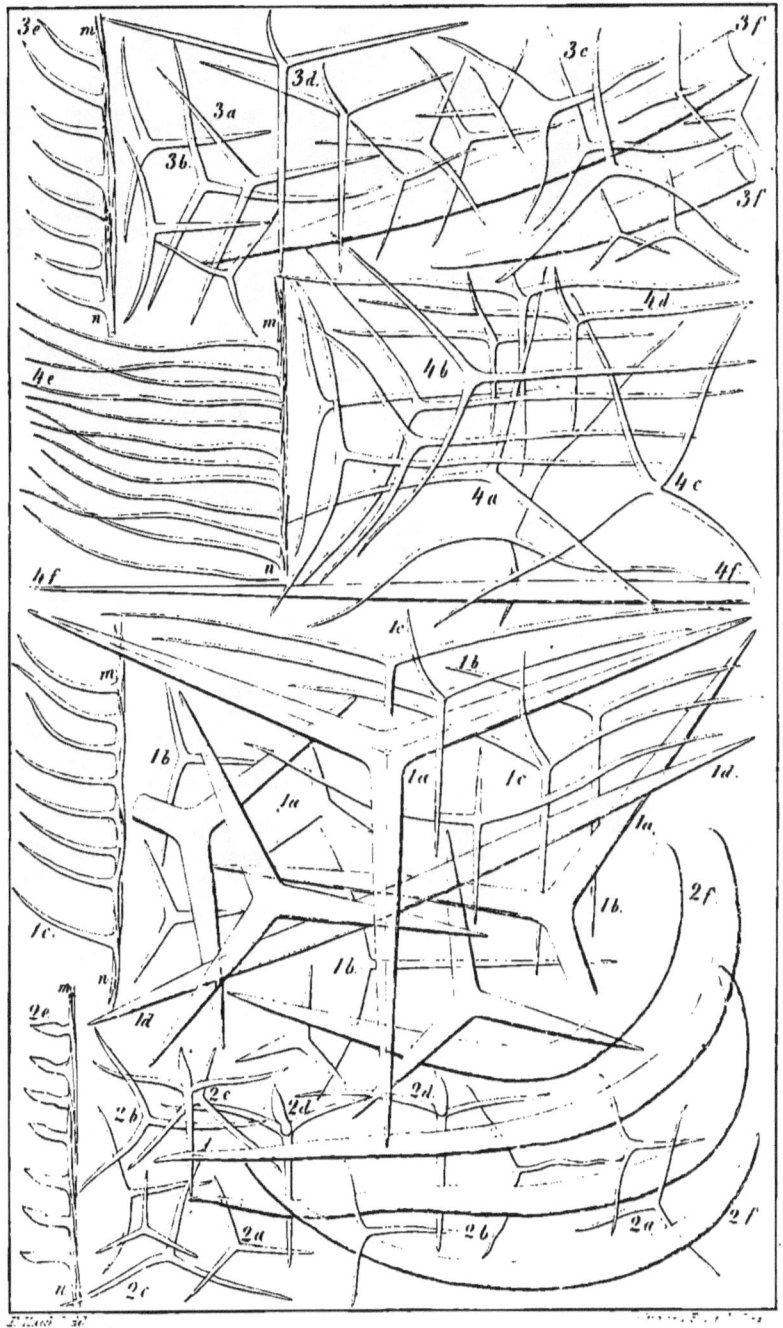

Erklärung der Tafel 32.

Familie: Leucones.

Genus: Leucandra.

Species:

L. Egedii.   L. Gossei.   L. crambessa.   L. alcicornis.   L. ananas.
L. cataphracta.

(Spicula des Skelets.)

Tafel 32.

Spicula des Genus Leucandra.

Alle Figuren sind 100 mal vergrössert.

Fig. 1. **Leucandra Egedii** (System p. 173).
  1 *a* Mittelkleine reguläre Dreistrahler des Parenchyms.
  1 *b* Mittelkleine sagittale Vierstrahler der Gastralfläche.
  1 *c* Apical-Schenkel der letzteren im Profil (am Längsschnitt der Gastralfläche, *m — n*).
  1 *d* Grosse spindelförmige Stabnadeln des Parenchyms.

Fig. 2. **Leucandra Gossei** (System p. 177).
  2 *a* — 2 *c* Kleine Dreistrahler des Parenchyms (2 *a* reguläre, 2 *b* sagittale, 2 *c* irreguläre).
  2 *d* Kleine Vierstrahler der Gastralfläche
  2 *e* Apical-Schenkel der letzteren im Profil (am Längsschnitt der Gastralfläche, *m — n*).
  2 *f* Grosse spindelförmige Stabnadel des Parenchyms.

Fig. 3. **Leucandra crambessa** (System p. 182).
  3 *a* — 3 *c* Kleine Dreistrahler des Parenchyms (3 *a* reguläre, 3 *b* sagittale, 3 *c* irreguläre).
  3 *d* Kleine sagittale Vierstrahler der Gastralfläche.
  3 *e* Apical-Schenkel der letzteren im Profil (am Längsschnitt der Gastralfläche, *m — n*).
  3 *f* Colossale spindelförmige Stabnadel der Dermalfläche.
  3 *g* Querschnitt der letzteren.

Fig. 4. **Leucandra alcicornis** (System p. 184).
  4 *a* — 4 *c* Mittelkleine Dreistrahler des Parenchyms (4 *a* reguläre, 4 *b* sagittale, 4 *c* irreguläre).
  4 *d* Sagittale Vierstrahler der Gastralfläche.
  4 *e* Apical-Schenkel der letzteren im Profil (am Längsschnitt der Gastralfläche, *m — n*).
  4 *f* Eine colossale longitudinale Stabnadel des Dermal-Panzers.
  4 *g*, 4 *h* Querschnitte von letzterer.

Fig. 5. **Leucandra ananas** (System p. 200).
  5 *a* — 5 *c* Mittelkleine Dreistrahler des Parenchyms (5 *a* reguläre, 5 *b* sagittale, 5 *c* irreguläre).
  5 *d* Mittelkleine sagittale Vierstrahler der Gastralfläche.
  5 *e* Apical-Schenkel der letzteren im Profil (am Längsschnitt der Gastralfläche, *m — n*).
  5 *f* Proximales Ende einer colossalen cylindrischen Stabnadel.

Fig. 6. **Leucandra cataphracta** (System p. 203).
  6 *a* — 6 *c* Mittelkleine Dreistrahler des Parenchyms.
  6 *d* Mittelkleine sagittale Vierstrahler der Gastralfläche.
  6 *e* Dieselben im Profil (links der Apical-Schenkel).
  6 *f* Querschnitt einer colossalen spindelförmigen Stabnadel des Parenchyms.

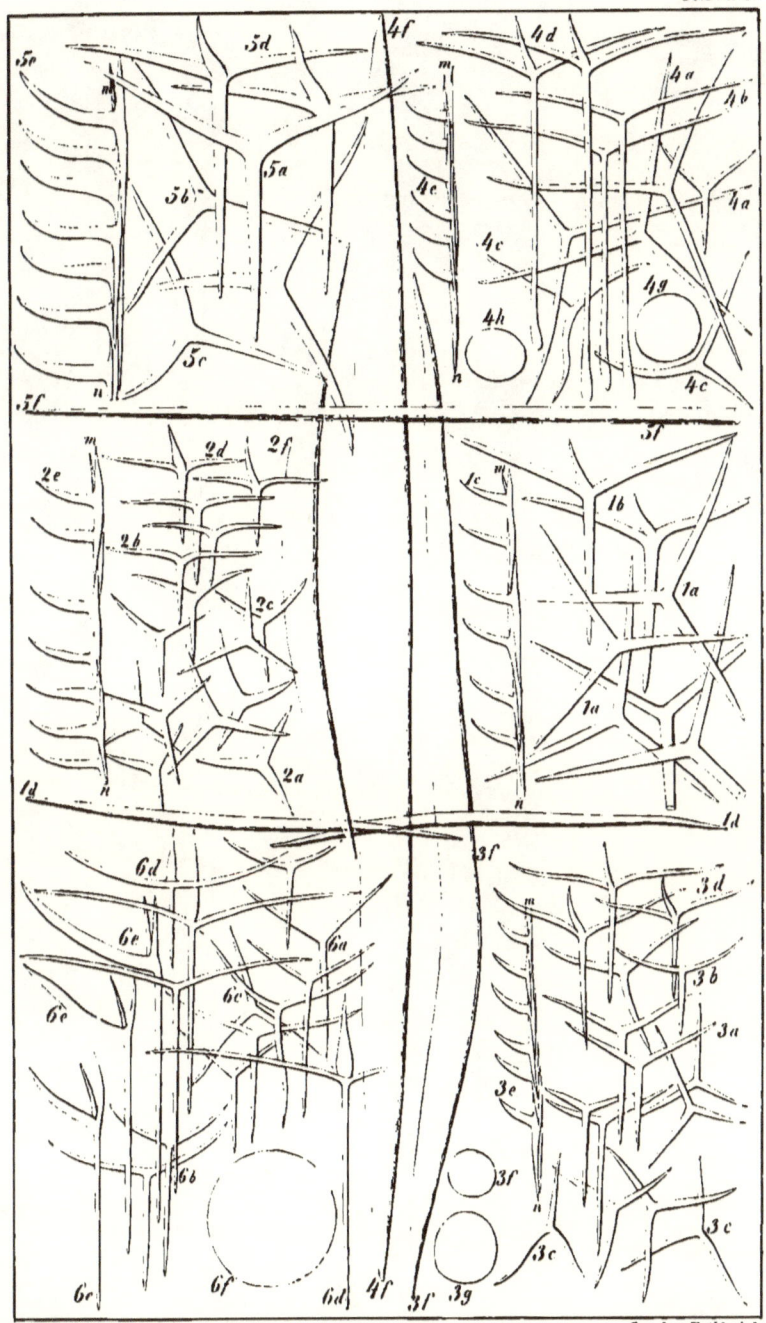

Erklärung der Tafel 33.

Familie: Leucones.

Genus: Leucandra.

Species:

L. cucumis. L. bomba. L. saccharata. L. stilifera.

(Spicula des Skelets.)

Tafel 33.

Spicula des Genus Leucandra.

Alle Figuren sind 100 mal vergrössert.

Fig. 1. **Leucandra cucumis** (System p. 205).
1 a — 1 c Mittelkleine Dreistrahler der Dermalfläche.
1 d Mittelkleine Dreistrahler der Gastralfläche.
1 e Mittelkleine Dreistrahler des Peristoms.
1 f, 1 g Grosse Vierstrahler der Rindenschicht (1 f mit sehr engem, 1 g mit so weitem Central-Canal der Schenkel).
1 h Mittelkleine Vierstrahler der Markschicht.
1 i Colossale longitudinale spindelförmige Stabnadel der Dermalfläche; mit so weitem Central-Canal.
1 k Colossale longitudinale haarfeine Stabnadeln (Stricknadeln) des Peristom

Fig. 2. **Leucandra bomba** (System p. 209).
2 a Winzige Stabnadeln des Stäbchen-Mörtels der Dermalfläche.
2 b Colossale longitudinale spindelförmige Stabnadeln des Mark-Parenchyms.
2 c Mittelkleine reguläre Dreistrahler der Dermalfläche.
2 d Mittelkleine reguläre Dreistrahler des Mark-Parenchyms.
2 e Mittelkleine sagittale Vierstrahler der Canalfläche.
2 f Mittelkleine sagittale Vierstrahler der Gastralfläche.

Fig. 3 **Leucandra saccharata** (System p. 228).
3 a Winzige Stabnadel des Stäbchen-Mörtels der Dermalfläche.
3 b Colossaler regulärer Vierstrahler der Dermalfläche. (Der Basal-Schenl ist verkürzt, der Apical-Schenkel nach rechts und oben gekehrt.)
3 c Mittelgrosser Vierstrahler des inneren Mark-Parenchyms.
3 d Mittelgrosser Dreistrahler des inneren Mark-Parenchyms.
3 e Mittelkleine sagittale Dreistrahler der Gastralfläche.

Fig. 4. **Leucandra stilifera** (System p. 225).
4 a Winzige Stabnadeln des Stäbchen-Mörtels der Füllungsmasse.
4 b Grosse sagittale Dreistrahler der Dermalfläche.
4 c Colossaler Vierstrahler des Gerüstes.
4 d—4 f Mittelgrosse Vierstrahler des Gerüstes (4 d rechtwinklig, 4 e sagit., 4 f irregulär).

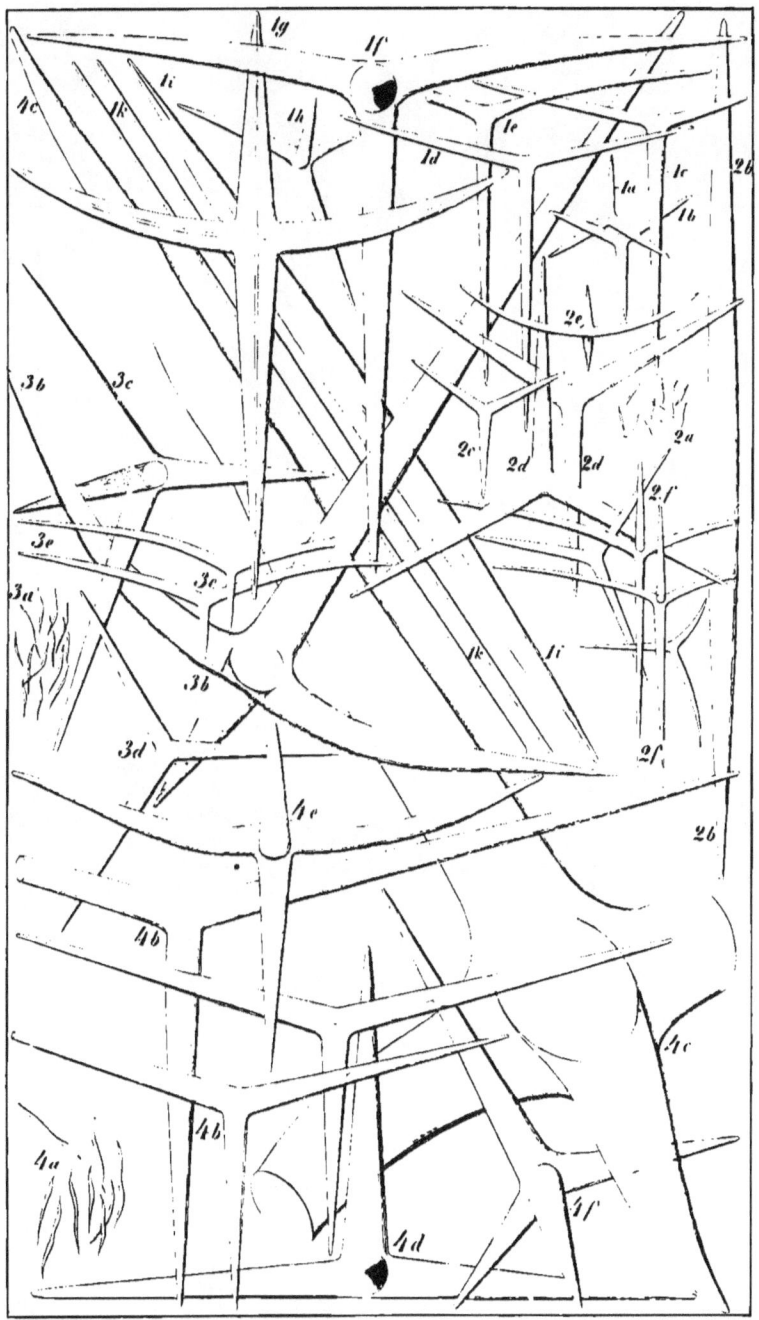

Erklärung der Tafel 34.

Familie: Leucones.

Genus: Leucandra.

Species:

L. Johnstonii.   L. nivea.   L. ochotensis.

(Spicula des Skelets.)

Tafel 34.

Spicula des Genus Leucandra.

Alle Figuren sind 100 mal vergrössert.

Fig. 1. **Leucandra Johnstonii** (System p. 216).

1 a – 1 c Mittelkleine Dreistrahler des Parenchyms (1 a regulär, 1 b sagittal, 1 c irregulär).

1 d Colossale sagittale Vierstrahler der Dermalfläche.

1 e Winzige kreuzförmige Vierstrahler der Canalflächen.

1 f Winzige pyramidale Vierstrahler des Stäbchen-Mörtels.

1 g Winzige Stabnadeln des Stäbchen-Mörtels.

1 h Keulenförmige Stabnadeln des Palisaden-Kranzes an der Basis der Peristom-Krone.

Fig. 2. **Leucandra nivea** (System p. 211).

2 a Mittelkleine reguläre Dreistrahler der Dermalfläche.

2 b Grosse subreguläre Dreistrahler des Mark-Parenchyms.

2 c Mittelkleine subreguläre Dreistrahler der Füllungsmasse.

2 d Winzige kreuzförmige Vierstrahler der Canalflächen.

2 e Winzige Stabnadeln des Stäbchen-Mörtels.

Fig. 3. **Leucandra ochotensis** (System p. 221).

3 a Mittelgrosse sagittale Dreistrahler der Dermalfläche.

3 b Colossale sagittale Vierstrahler des Gerüstes.

3 c Mittelgrosse irreguläre Vierstrahler des Parenchyms.

3 d Winzige kreuzförmige Vierstrahler der Canalflächen.

3 e Winzige Stabnadeln des Stäbchen-Mörtels.

3 f Colossale lineare Stabnadeln (Stricknadeln) der dermalen Zotten

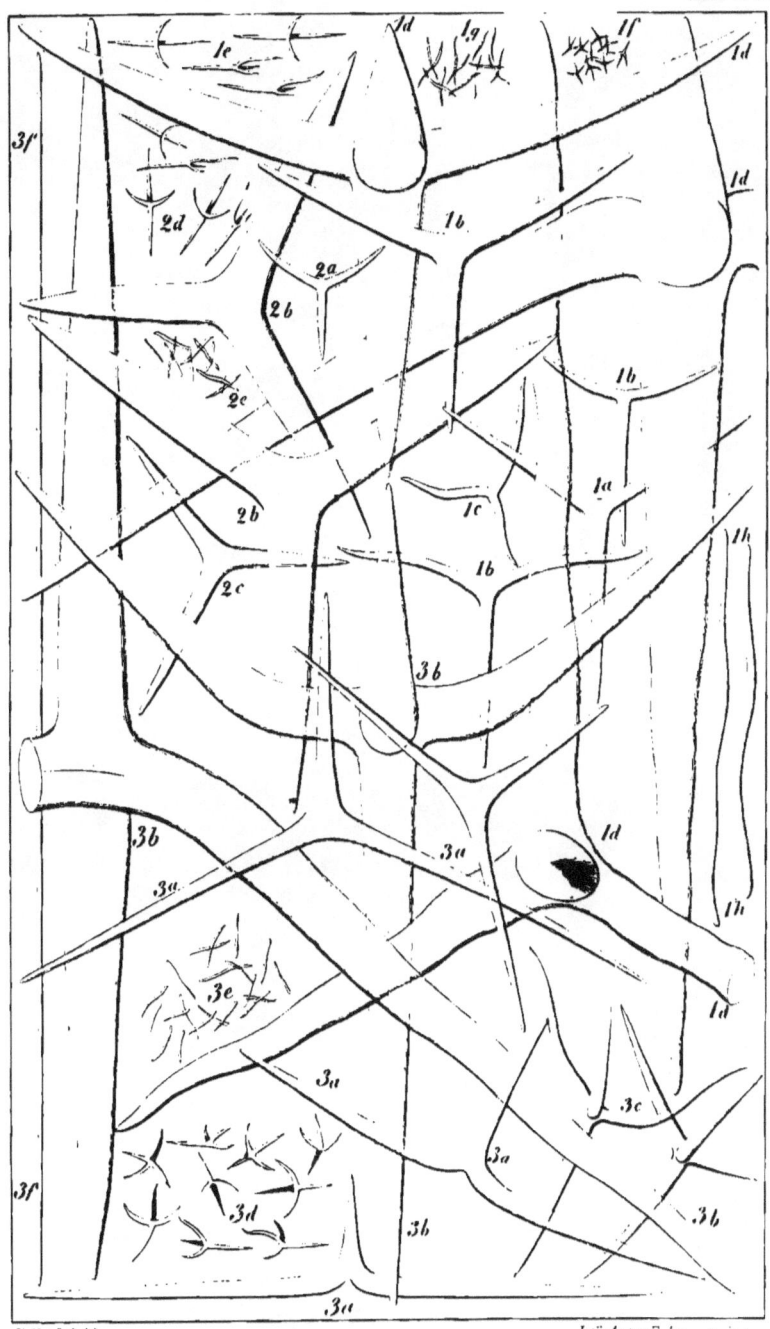

Erklärung der Tafel 35.

Familie: Leucones.

Genus: Leucandra.

Species:

Leucandra aspera.

(Polymorphose.)

Tafel 35.

Leucandra aspera (System p. 191).

Alle Figuren in natürlicher Grösse.

Fig. 1. **Dyssycus asper** (1 *A* Aeussere Ansicht. 1 *B* Längsschnitt.) Eine solitare Person mit nackter Mundöffnung.

Fig. 2. **Dyssyconella aspera** (2 *A* Aeussere Ansicht. 2 *B* Längsschnitt). Eine solitäre Person mit rüsselförmiger Mundöffnung.

Fig. 3. **Dyssycarium asperum** (3 *A* Aeussere Ansicht. 3 *B* Längsschnitt) Eine solitäre Person mit bekränzter Mundöffnung.

Fig. 4. **Lipostomella aspera** (4 *A* Aeussere Ansicht. 4 *B* Längsschnitt). Eine solitäre Person ohne Mundöffnung.

Fig. 5. **Amphoriscus asper.** Ein Stock mit lauter nacktmündigen Personen.

Fig. 6. **Amphorula aspera.** Ein Stock mit lauter rüsselmündigen Personen.

Fig. 7. **Amphoridium asperum** (7 *A* Aeussere Ansicht. 7 *B* Längsschnitt). Ein Stock mit lauter kranzmündigen Personen.

Fig. 8. **Aphroceras asperum** (8 *A* Aeussere Ansicht. 8 *B* Längsschnitt). Ein Stock ohne Mundöffnungen.

Fig. 9. **Leucometra aspera** (9 *A* Aeussere Ansicht. 9 *B* Längsschnitt). Ein Stock, dessen Personen verschiedene Genera des künstlichen Systems repräsentiren: links unten 4 nacktmündige Personen (*Dyssycus*), links oben 2 kranzmündige Personen (*Dyssycarium*), rechts oben 2 rüsselmündige Personen (*Dyssyconella*) und rechts unten 4 mundlose Personen (*Lipostomella*).

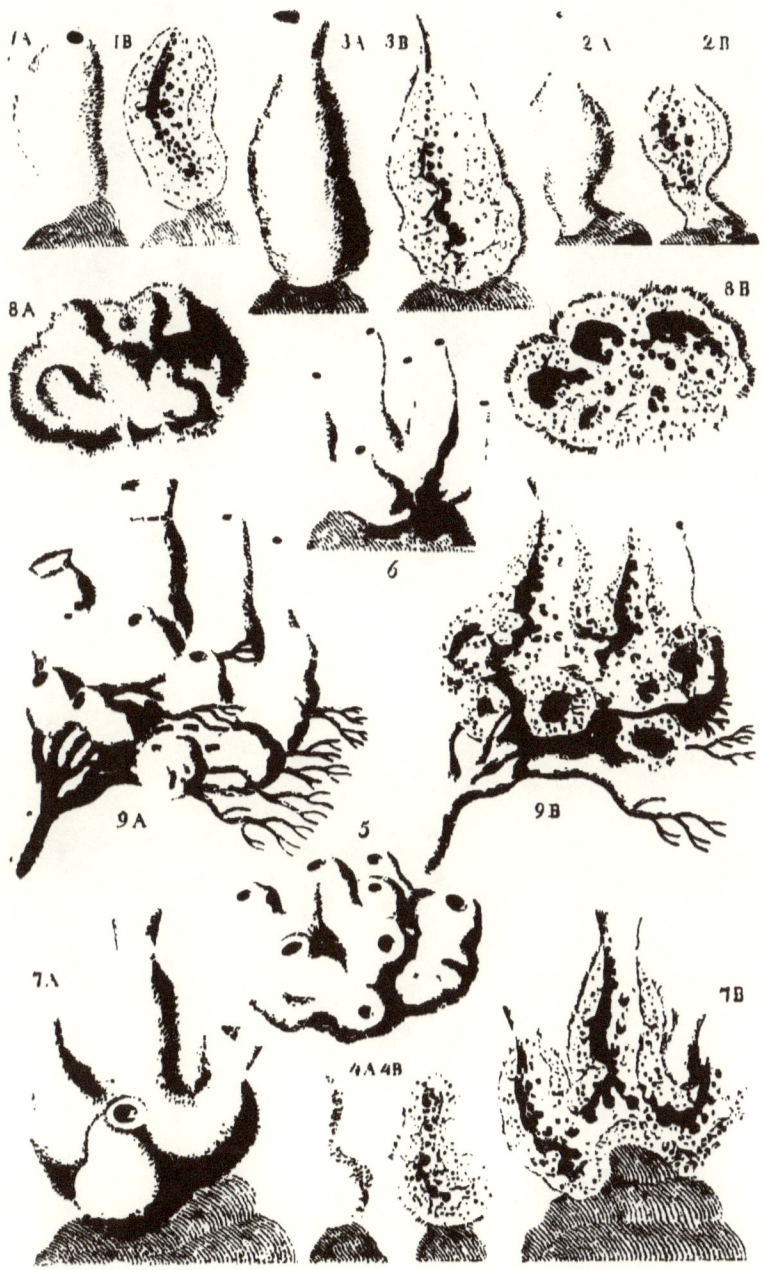

E. Haeckel del.

Laner sel

Erklärung der Tafel 36.

Familie: Leucones.

Genus: Leucandra.

Species:

L. cucumis.   L. aspera.

(Anatomie.)

Tafel 36.

Fig. 1—3. Leucandra cucumis (System p. 205).

Fig. 1. Eine Person mit nackter Mundöffnung (*Dyssycus cucumis*). Vergr. 2.

Fig. 2. Eine Person mit rüsselförmiger Mundöffnung (*Dyssyconella cucumis*). Die vordere Magenwand ist grosstentheils durch einen Längsschnitt weggenommen, um die Structur der Magenwand und die Gastral-Ostien der Magenhöhle zu zeigen. *f* Rüssel. *o* Obere Oeffnung desselben. *k* Dermalfläche. *c* Subdermal-Höhlen des Gastrocanal-Systems. („Intermarginal-Höhlen".) *w* Magenwand. *m* Magenhöhle. Vergr. 6.

Fig. 3. Querschnitt durch ein Stückchen Magenwand von derselben Person. *k* Dermalfläche. *c* Subdermale Höhlen des Gastrocanal-Systems. *e* Kleinere Höhlen des Gastrocanal-Systems im Mark-Parenchym. *w* Gastralfläche. Vergr. 20.

Fig. 4—6. Leucandra aspera (System p. 191).

Fig. 4. Eine Person ohne Mundöffnung (*Lipostomella aspera*). Natürliche Grösse.

Fig. 5. Eine kleine Person mit bekränzter Mundöffnung (*Dyssycarium asperum*). Diese Person ist von Nizza und gehört zu der specifischen Varietät *nicaeensis* (System p. 192). Sie ist in der rechten Hälfte durch einen Längsschnitt geöffnet, um die Structur der Magenwand und die Gastralfläche zu zeigen. Der Peristom-Kranz ist bei dieser Person ausnehmend gross. Vergr. 10.

Fig. 6. Querschnitt durch die Person Fig. 5 unterhalb des Peristom-Kranzes. In die Magenhöhle (v) springen die Apical-Schenkel der gastralen Vierstrahler vor (d). Im Parenchym der Magenwand sind die Geisselkammern (e) deutlich sichtbar. Vergr. 10.

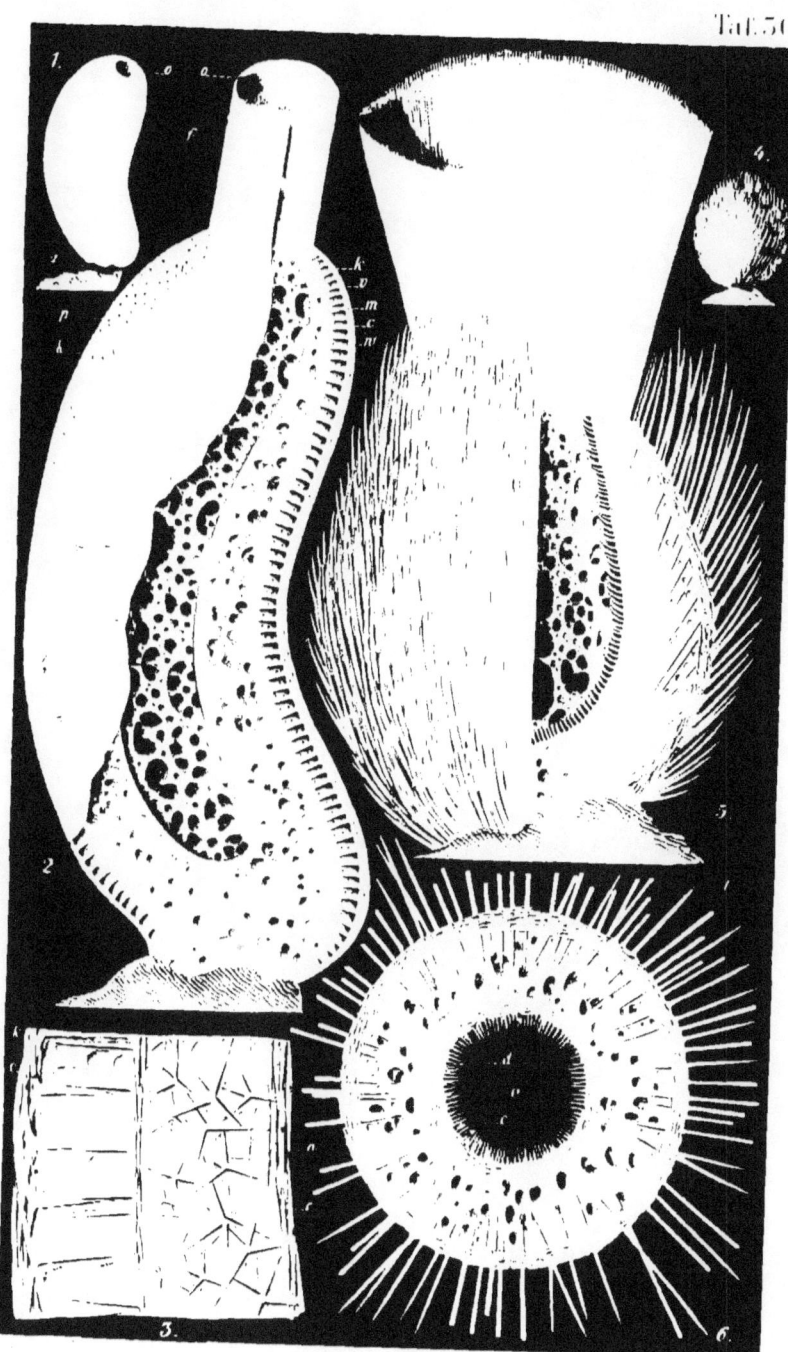

Erklärung der Tafel 37.

.

Familie: Leucones.

Genus: Leucandra.

Species:

L. lunulata.   L. cataphracta.   L. alcicornis.   L. caminus.
L. crambessa.   L. Gossei.

**(Repräsentanten verschiedener Leucon-Genera des
künstlichen Systems.)**

Tafel 37.

Fig. 1. **Dyssycus lunulatus** (System p. 189). Eine solitäre Person mit nackter Mundöffnung; durch einen Längsschnitt halbirt, um die umgekehrt kegelförmige Magenhöhle zu zeigen. Vergrösserung 4.

Fig. 2. **Dyssycus cataphractus** (System p. 203). Eine solitäre Person mit nackter Mundöffnung, durch einen Längsschnitt halbirt. Vergr. 4.

Fig. 3. **Coenostomus alcicornis** (System p. 184). 3A Aeussere Ansicht. 3B Querschnitt. Ein Stock mit einer einzigen gemeinsamen Mundöffnung. Natürliche Grösse.

Fig. 4. **Artynas alcicornis** (System p. 184). Ein Stock, dessen zahlreiche, vielfach verwachsene Personen sich gruppenweise durch gemeinsame nackte Mündungen öffnen. Natürliche Grösse.

Fig. 5. **Coenostomella caminus** (System p. 175). 5A Aeussere Ansicht. 5B Längsschnitt. Ein Stock mit einer einzigen gemeinsamen rüsselförmigen Mundöffnung. Vergrösserung 4.

Fig. 6. **Artynella caminus** (System p. 175). Ein Stock, dessen Personen sich gruppenweise durch gemeinsame rüsselförmige Mündungen öffnen. Natürliche Grösse.

Fig. 7. **Coenostomium crambessa** (System p. 182). 7A Aeussere Ansicht. 7B Querschnitt. Ein Stock mit einer einzigen gemeinsamen bekränzten Mundöffnung. Natürliche Grösse.

Fig. 8. **Artynium crambessa** (System p. 182). Ein Stock, dessen zahlreiche, vielfach verwachsene und anastomirende Personen sich gruppenweise durch gemeinsame bekränzte Mündungen öffnen. Natürliche Grösse.

Fig. 9. **Aphroceras Gossei** (System p. 177). 9A Aeussere Ansicht. 9B Längsschnitt. Der mundlose Stock ist aus zwei verwachsenen Personen zusammengesetzt, welche nicht allein ihre Mundöffnung, sondern auch ihre Magenhöhle durch secundäre Obliteration verloren haben. Vergrösserung 2.

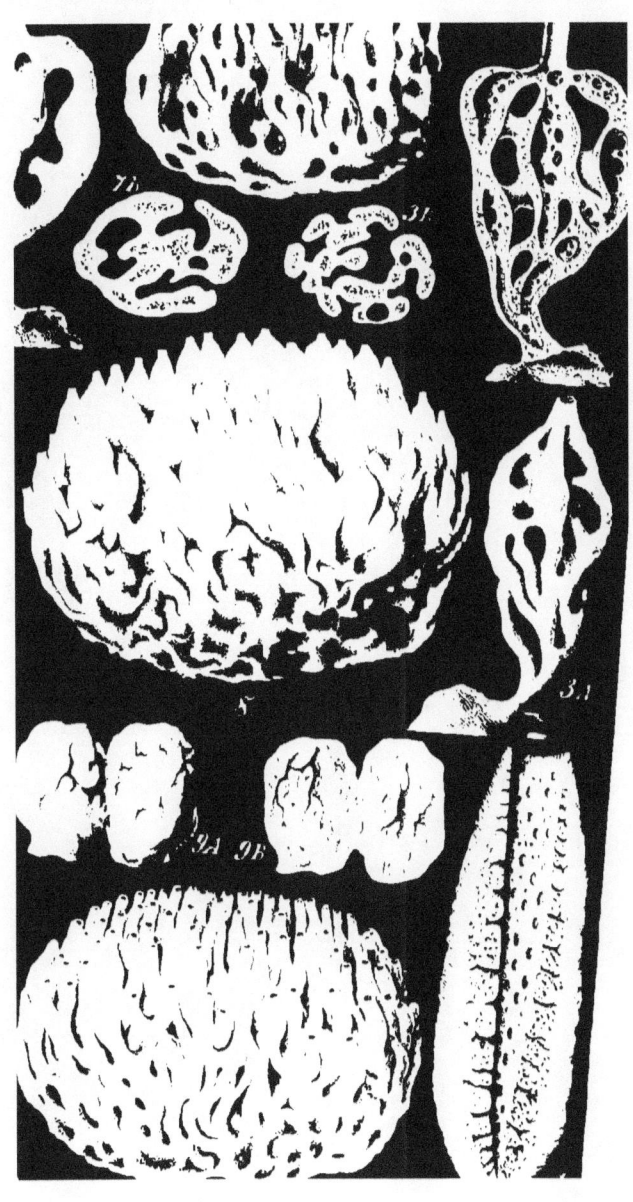

Erklärung der Tafel 38.

Familie: Leucones.

Genus: Leucandra.

Species:

L. bomba.   L. saccharata.

(Anatomie.)

Tafel 38.

Fig. 1—6. **Leucandra bomba** (System p. 209).

Fig. 1. Eine solitäre Person mit rüsselförmiger Mundöffnung (*Dyssyconella bomba*). Die vordere Magenwand ist durch einen Längsschnitt grösstentheils entfernt, um die Magenhöhle und auf dem Durchschnitt der Magenwand die baumförmig verästelten Canäle zu zeigen. Vergrösserung 3.

Fig. 2. Ein Stückchen Dermalfläche mit mehreren Hautporen. Der Stäbchen-Mörtel, welcher die dermalen Dreistrahler umhüllt, ist nur schwach angedeutet. Vergr. 200.

Fig. 3. Sieben Stäbchen des dermalen Stäbchen-Mörtels. Vergr. 1000.

Fig. 4. Vier colossale longitudinale Stabnadeln aus der dermalen Basis des Rüssels. Vergr. 100.

Fig. 5. Skelet der Gastralfläche des Rüssels, aus parallelen sagittalen Vierstrahlern gebildet. Vergr. 100.

Fig. 6. Schnitt durch das Mark-Parenchym der Magenwand. Mehrere Ramal-Canäle sind quer durchschnitten. Die Apical-Schenkel der Vierstrahler, welche die Canalfläche bekleiden, springen gerade und radial gegen die Axe des Canal-Lumens vor. Vergrösserung 100.

Fig. 7—14. **Leucandra saccharata** (System p. 228).

Fig. 7. Eine Person mit nackter Mundöffnung (*Dyssycus saccharatus*). Natürliche Grösse.

Fig. 8. Eine andere nacktmündige Person im Längsschnitt. Natürliche Grösse.

Fig 9. Eine Person ohne Mundöffnung (*Lipostomella saccharata*). Natürliche Grösse.

Fig. 10. Eine andere mundlose Person im Längsschnitt. Natürliche Grösse.

Fig. 11. Ein Stock mit lauter nacktmündigen Personen (*Amphoriscus saccharatus*). Natürliche Grösse.

Fig. 12. Ein Stock ohne Mundöffnungen (*Aphroceras saccharatum*). Die Magenhöhlen der Personen sind theilweise durch Längsschnitte geöffnet. Natürliche Grösse.

Fig. 13. Sieben Stäbchen des Stäbchen-Mörtels. Vergr. 700.

Fig. 14. Gastralfläche einer Parenchymbrücke zwischen zwei Gastral-Ostien. Der obere gerade Rand der Figur ist ein Segment von der Peripherie eines grösseren, der untere schwach gekrümmte Rand ist ein Stück von der Peripherie eines kleineren Gastral-Ostiums. Vergr. 200.

Erklärung der Tafel 39.

Familie: Leucones.

Genus: Leucandra.

Species:
Leucandra nivea.

(Amphoriscus-Form.)

Tafel 39.

Leucandra nivea (System p. 211).

Die Figur stellt in natürlicher Grösse eine ganz flache Schieferplatte dar, welche mit Personen und Stöcken von *Leucandra nivea* bedeckt ist. Ich fand diese und zahlreiche ähnliche Schieferplatten in der Goethe-Bucht bei Brandesund, an der Küste der norwegischen Insel Gis-Oe. Der schneeweisse Kalkschwamm bildet ganz flache dünne Krusten, welche in Gestalt wolkenähnlicher Flecke über die ebene Steinplatte zerstreut sind. Die kleinsten Flecke zeigen nur eine einzige oder gar keine Mundöffnung und werden durch solitäre nacktmündige Personen (*Dyssycus*) oder mundlose Personen (*Lipostomella*) gebildet. Die grösseren Flecke sind aus mehreren Personen zusammengesetzt und wohl meistens durch secundäre Concrescenz von vielen nacktmündigen, ursprünglich getrennten Personen entstanden (*Amphoriscus*). Einige kleinere Stöcke sind auch bloss aus mundlosen Personen zusammengesetzt (*Aphroceras*). Zwischen und unter den Stöcken der Leucandra sind auf der Schieferplatte auch krustenartige Stöcke von zusammengesetzten Ascidien (Didemnum, graue, fein punctirte Krusten), Cirripedien (Balanus), Röhrenwürmer (Serpula) und andere kleine Seethiere angesiedelt. Alle werden aber von dem Kalkschwamm überwuchert. Natürliche Grösse.

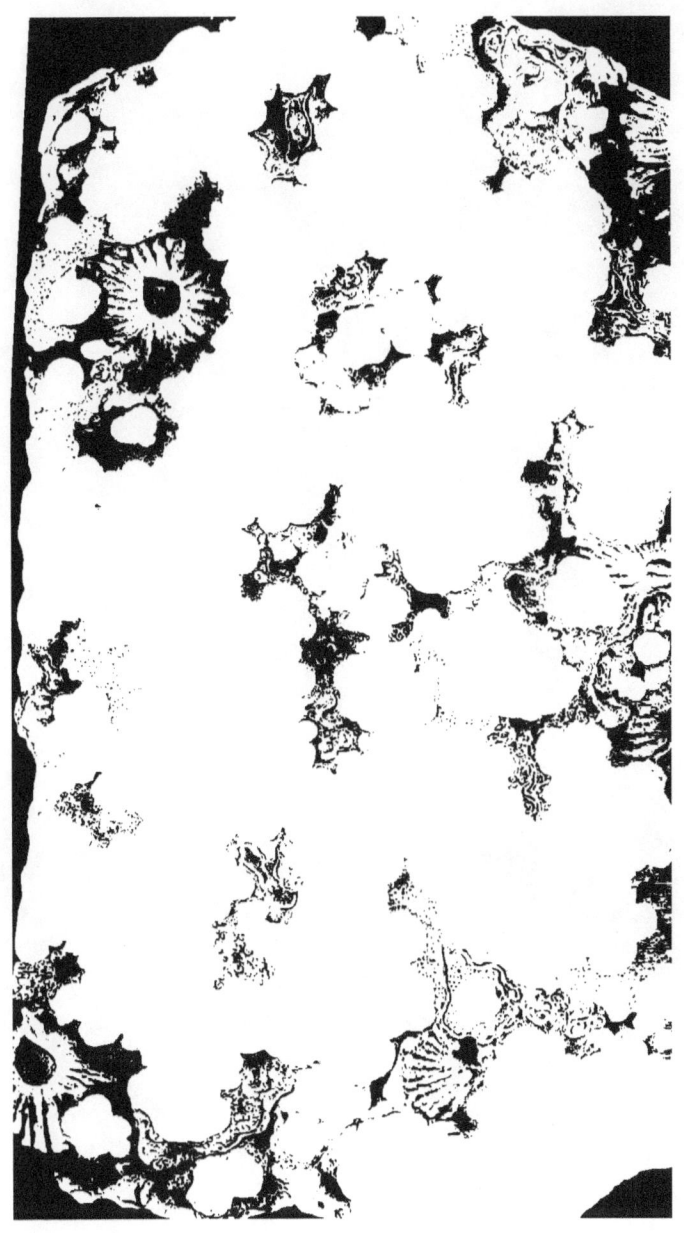

Erklärung der Tafel 40.

Familie: Leucones.

Genus: Leucandra.

Species:

L. ananas. L. bomba. L. fistulosa. L. stilifera.

(Schema des Gastrocanal-Systems bei den verschiedenen Typen der Leuconen.)

Tafel 40.

Canal-System der Leuconen.

Schematische Darstellung der verschiedenen Verhältnisse des Gastrocanal-Systems, und namentlich der Ramal-Canäle, bei den Leuconen. Fig. 1--7 sind schematische Längsschnitte, durch die ganze Längsaxe einer Person geführt. Fig. 8—11 sind schematische Querschnitte, senkrecht auf der Längsaxe. Die grosse schwarze centrale Höhle ist überall die Magenhöhle. Das Exodérm ist durch blaue, das Entoderm durch rothe, und die Hohlräume des Gastrocanal-Systems durch schwarze Farbe bezeichnet.

Fig. 1—8. **Leucandra ananas** (Ontogenie).

Fig. 1. Flimmernde Larve ohne Mundöffnung (*Planula*). Längsschnitt.

Fig. 2. Flimmernde Larve mit Mundöffnung (*Gastrula*). Längsschnitt.

Fig. 3. Erstes Stadium des festsitzenden jungen Leucon (*Olynthus*). Längsschnitt.

Fig. 4. Primitive Leucon-Form (*Dyssycus*). Die Locheanäle der verdickten Magenwand erweitern sich und bilden sich in constante Canäle um. Längsschnitt.

Fig. 5. *Dyssycus*: weitere Entwickelung; die Canäle der Magenwand beginnen sich zu verästeln. Noch sind die Magenhöhle und die Canäle mit Entoderm ausgekleidet. Längsschnitt.

Fig. 6. *Dyssycus*: weitere Entwickelung; die verästelten Parietal-Canäle beginnen sich zu erweitern und Geisselkammern zu bilden; das Entoderm ist in der Magenhöhle verschwunden und zieht sich in die Geisselkammern zurück.

Fig. 7. *Dyssycus ananas*: weitere Entwickelung der Ramal-Canäle und ihrer Geisselkammern. Längsschnitt.

Fig. 8. Querschnitt des *Dyssycus ananas* (Fig. 7). Traubenförmiger Typus des Asteanal-Systems. Die Geisselkammern sitzen an den verästelten Canälen, wie die Bläschen einer traubenförmigen Drüse am Ausführgang.

Fig. 9. **Leucandra bomba.** Baumförmiger Typus des Asteanal-Systems. Querschnitt durch einen *Dyssycus*. Die Ramal-Canäle verästeln sich dichotomisch gegen die Peripherie, ohne sich zu „Geisselkammern" zu erweitern, und ohne zu anastomosiren; sie sind überall mit Entoderm ausgekleidet.

Fig. 10. **Leucandra fistulosa.** Blasenförmiger Typus des Asteanal-Systems. (Querschnitt eines *Dyssycus*). Die Ramal-Canäle bilden weite sinuöse Anschwellungen, blasenförmige Geisselkammern, welche vielfach anastomosiren; das Entoderm kleidet bloss die Blasen aus.

Fig. 11. **Leucandra stilifera.** Netzförmiger Typus des Asteanal-Systems. (Querschnitt eines *Dyssycus*). Die Ramal-Canäle anastomosiren allenthalben durch sehr zahlreiche Aeste und bilden ein engmaschiges Netz. Das Entoderm kleidet fast das ganze Canalnetz aus.

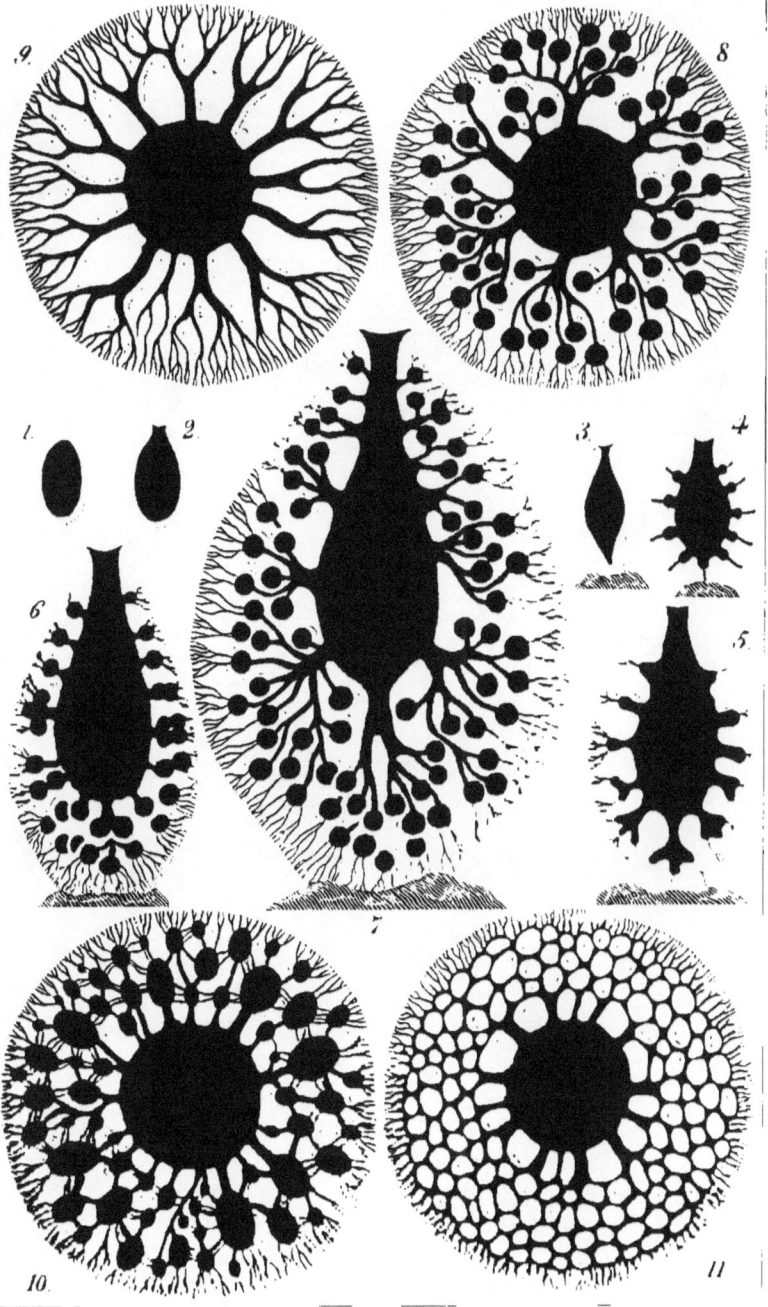

Erklärung der Tafel 41.

Familie: Sycones.

Genus: Sycetta.

Species:

Sycetta primitiva.

(Anatomie.)

Sycetta primitiva (System p. 237).

Fig. 1. Eine solitare Person mit nackter Mundöffnung (*Sycurus primitivus*). Aus der vorderen Magenwand (w) ist ein grosses eiförmiges Stück ausgeschnitten, um die weite Magenhöhle (v) und an deren Gastralfläche die Gastral-Ostien (m) der Radial-Tuben (r) zu zeigen. s Dermal-Ostien der Radial-Tuben. o Mundöffnung. Vergrösserung 30.

Fig. 2. Querschnitt der Fig. 1. v Magenhöhle. w Magenwand. r Radial-Tuben. Vergrösserung 30.

Fig. 3. Ein einzelner Radial-Tubus; äussere Ansicht. e Dermalfläche (Exoderm). p Hautporen. t Dreistrahler. s Dermal-Ostium des Tubus. Vergr. 250.

Fig. 4. Ein einzelner Radial-Tubus im Längsschnitt; innere Ansicht der Tubus-Wand. e Exoderm. i Entoderm. g Eier. p Hautporen. s Dermal-Ostium des Tubus. Vergr. 250.

Fig. 5. Entwickelte reguläre Dreistrahler. Vergr. 300.

Fig. 6. Jüngste Entwickelungsstufen der regulären Dreistrahler. Vergr. 300.

Fig. 7. Schnitt durch einen Porus (p) der Tubus-Wand. e Exoderm. d Kerne desselben. i Geisselzellen des Entoderm. Vergr. 1000.

Fig. 8. Ein Stückchen Exoderm mit einem Hautporus. Der Kalk der Spicula ist durch Behandlung mit Essigsäure entfernt. e Syncytium. e₁ Spicula-Scheiden. d Kerne des Exoderm. Vergr. 700.

Fig. 9. Ein Stückchen Entoderm. i Geisselzellen. g Eier. e Das darunter liegende Exoderm. Vergr. 700.

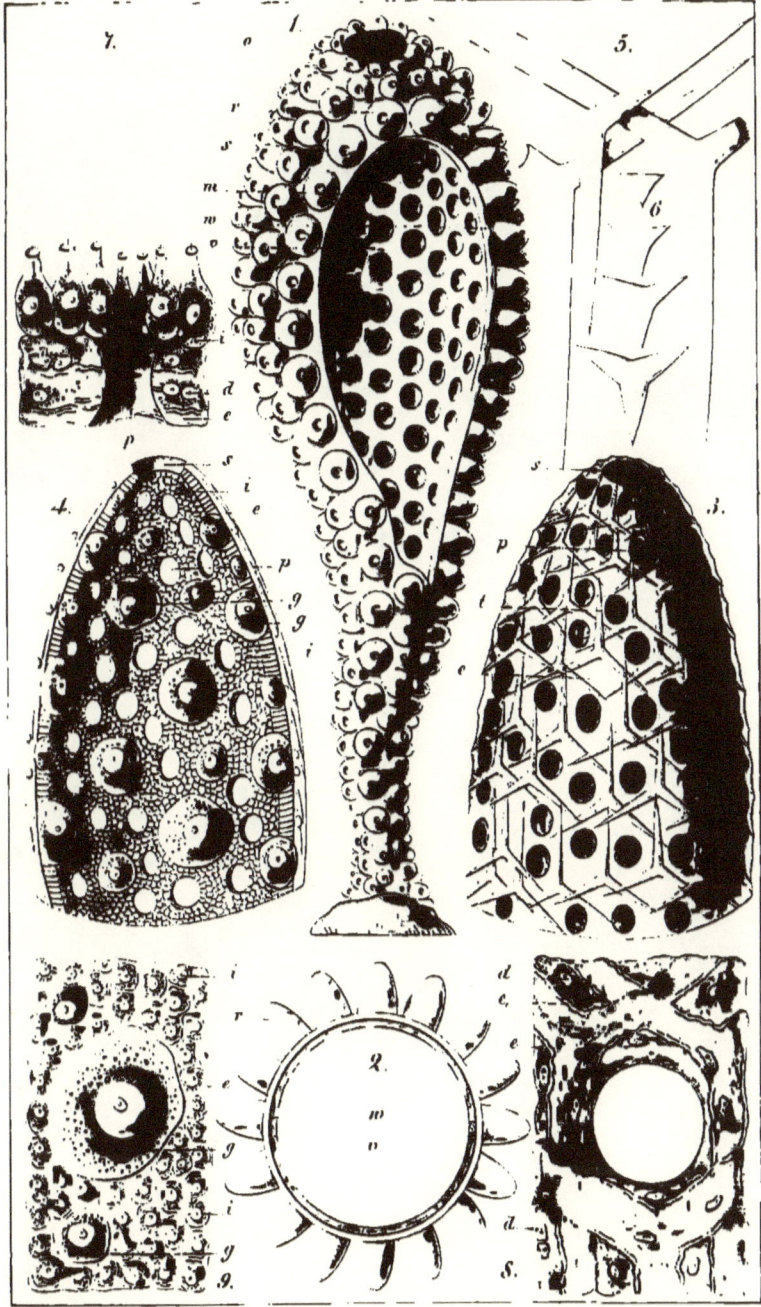

Erklärung der Tafel 42.

Familie: Sycones.

Genus: Sycetta.

Species:

S. sagittifera.   S. strobilus.   S. cupula.   S. stauridia.

(Anatomie.)

Tafel 42.

Fig. 1—4. **Sycetta sagittifera** ((System p. 240).

Fig. 1. Eine einzelne Person mit nackter Mundöffnung (*Sycurus sagittifer*). Vergr. 2.

Fig. 2. Zwei einzelne Radial-Tuben derselben, frei auf der Dermalfläche des Magen schlauchs aufsitzend. Auf der unteren Fläche des letzteren sind die Gastral-Ostien der beiden Tuben sichtbar. Vergr. 100.

Fig. 3, 4. Drei sagittale gastrale Dreistrahler. Vergr. 100.

Fig. 5—8. **Sycetta strobilus** (System p. 241).

Fig. 5. Eine einzelne Person mit nackter Mundöffnung (*Sycurus strobilus*). Vergr. 10.

Fig. 6. Sechs Radial-Tuben derselben, von sechsseitig-prismatischer Form; dazwischen (i dreiseitig-prismatische Intercanäle. d Dermal-Ostien der Tuben. Vergr. 100.

Fig. 7. Zwei sagittale dermale Dreistrahler. Vergr. 100.

Fig. 8. Ein regulärer gastraler Dreistrahler. Vergr. 100.

Fig. 9—12. **Sycetta cupula** (System p. 243).

Fig. 9. Eine einzelne Person mit nackter Mundöffnung (*Sycurus cupula*). Vergr. 4.

Fig. 10. Sechs Radial-Tuben derselben, von achtseitig-prismatischer Form; dazwische vierseitig-prismatische Intercanäle (i). d Dermal-Ostien der Tuben. Vergr. 100.

Fig. 11. Zwei sagittale dermale Dreistrahler. Vergr. 100.

Fig. 12. Ein regulärer gastraler Dreistrahler. Vergr. 100.

Fig. 13—16. **Sycetta stauridia** (System p. 245).

Fig. 13. Ein kreuzförmiger Stock mit lauter nacktmündigen Personen (*Sycothamnus stauridia*). Vergr. 2.

Fig. 14. Vier Radial-Tuben derselben, von irregulär-prismatischer Form, völlig verwachse ohne Intercanäle. d Dermal-Ostien der Tuben. p Centripetaler Basal-Schenkel d subdermalen Dreistrahler. f Centrifugaler Basal-Schenkel der subgastralen Dr strahler. Vergr. 100.

Fig. 15. Zwei reguläre dermale Dreistrahler. Vergr. 100.

Fig. 16. Ein regulärer gastraler Dreistrahler. Vergr. 100.

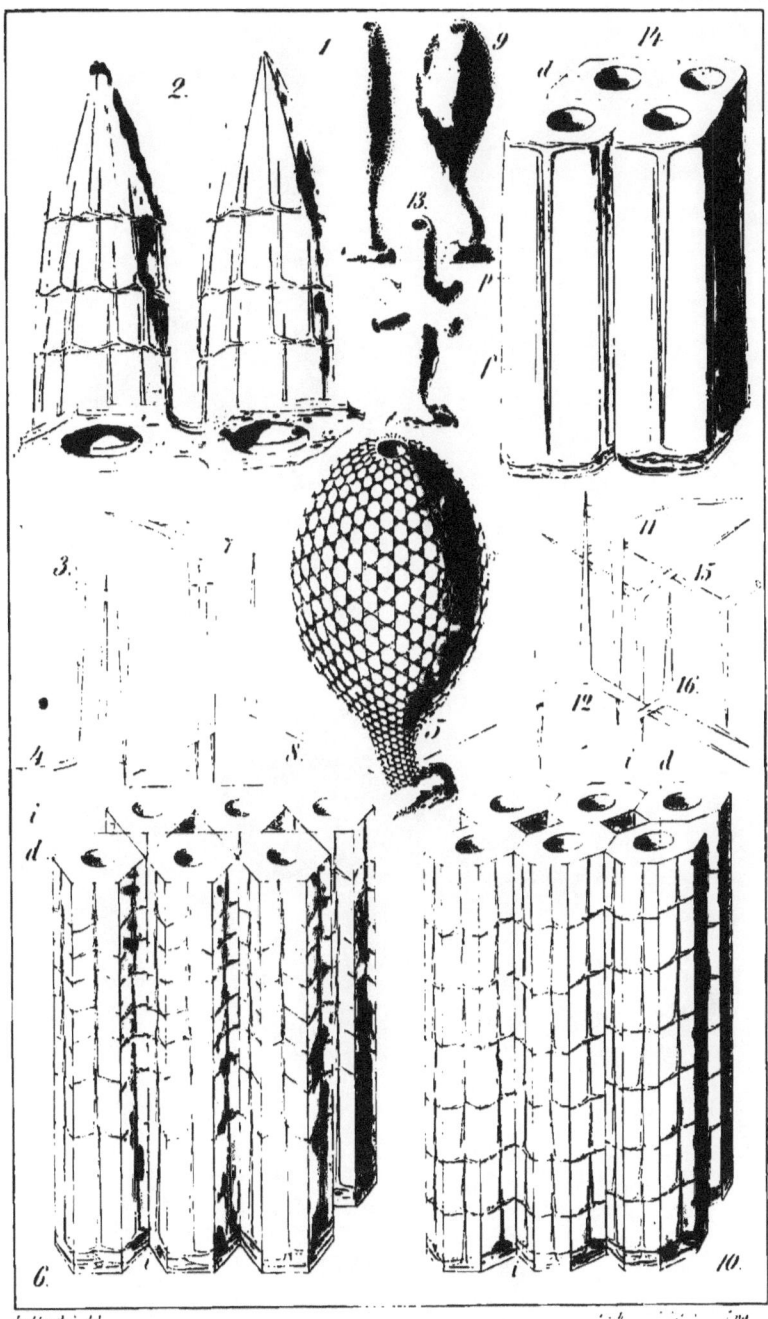

Erklärung der Tafel 43.

Familie: Sycones.

Genus: Sycilla.

Species:

S. cyathiscus. S. urna. S. cylindrus. S. chrysalis.

(Anatomie.)

Tafel 43.

Fig. 1—4. **Sycilla chrysalis** (System p. 256).

Fig. 1. Eine Person mit nackter Mundöffnung (*Sycurus chrysalis*). Vergr. 2.

Fig. 2. Längsschnitt durch die Magenwand derselben, mit 3 Radial-Tuben (r). Unten ist die Dermalfläche (k), oben die Gastralfläche (w) im Profil sichtbar. *g* Eier. *d* Freie Apical-Schenkel der gastralen Vierstrahler. Vergr. 50.

Fig. 3. Hälfte eines Querschnitts durch die Mitte der Person. *r* Radial-Tuben. *e* Magen-höhle. Vergr. 15.

Fig. 4. Ein dermaler Vierstrahler. 1. Basal-Strahl. 2. und 3. Lateral-Strahlen. 4. Apical-Strahl. Vergr. 50.

Fig. 5—7. **Sycilla cylindrus** (System p. 251).

Fig. 5. Eine Person mit nackter Mundöffnung (*Sycurus cylindrus*). Natürliche Grösse.

Fig. 6. Längsschnitt durch die Magenwand derselben, mit 3 Radial-Tuben (r). Unten ist die Dermalfläche (k), oben die Gastralfläche (w) im Profil sichtbar. *b* Embryonen. *d* Freie Apical-Schenkel der gastralen Vierstrahler. Vergr. 50.

Fig. 7. Ein dermaler Vierstrahler. 1. Basal-Strahl. 2. und 3. Lateral-Strahlen. 4. Apical-Strahl. Vergr. 100.

Fig. 8—11. **Sycilla cyathiscus** (System p. 250).

Fig. 8. Eine Person mit nackter Mundöffnung (*Sycurus cyathiscus*). Vergr. 2.

Fig. 9. Längsschnitt durch die Magenwand derselben, mit 3 Radial-Tuben (r). Unten ist die Dermalfläche (k), oben die Gastralfläche (w) im Profil sichtbar. *g* Eier. *d* Freie Apical-Schenkel der gastralen Vierstrahler. Vergr. 50.

Fig. 10. Hälfte eines Querschnitts durch die Mitte der Person. *r* Radial-Tuben. *e* Magen-hohle. Vergr. 15.

Fig. 11. Ein dermaler Vierstrahler. 1. Basal-Strahl. 2. und 3 Lateral-Strahlen. 4. Apical-Strahl. Vergr. 100.

Fig. 12—14. **Sycilla urna** (System p. 252).

Fig. 12. Eine Person mit nackter Mundöffnung (*Sycurus urna*). Vergr. 2.

Fig. 13. Längsschnitt durch die Magenwand derselben mit 3 Radial-Tuben (r). Unten ist die Dermalfläche (k), oben die Gastralfläche (w) im Profil sichtbar. *u* Conjunctiv-Poren (Communications-Oeffnungen der Tuben). *d* Freie Apical-Schenkel der gastralen Vierstrahler. Vergr. 50.

Fig. 14. Ein dermaler Vierstrahler. 1. Basal-Strahl. 2. und 3. Lateral-Strahlen. 4. Apical-Strahl. Vergr. 75.

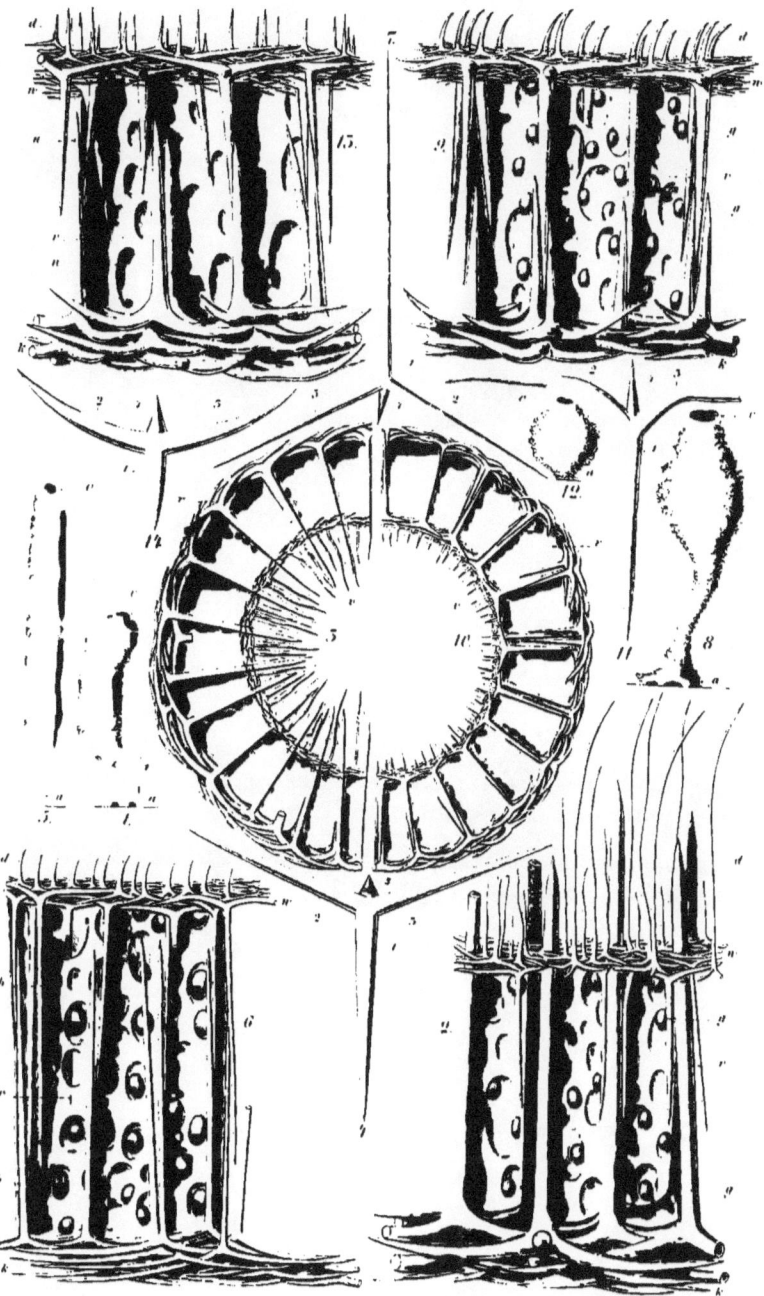

Erklärung der Tafel 44.

Familie: Sycones.

Genus: Sycyssa.

Species:

Sycyssa Huxleyi.

(Anatomie und Ontogenie.)

Tafel 44.

Sycyssa Huxleyi (System p. 260).

Fig. 1. Eine solitäre Person mit bekränzter Mundöffnung (*Sycarium Huxleyi*); durch einen Längsschnitt halbirt, um die Magenhöhle zu zeigen. In der Gastralfläche erblickt man die Längsreihen der Gastral-Ostien, welche regelmässig mit den longitudinalen Bündeln der subgastralen Stabnadeln alterniren; die Dermalfläche ist mit einem dichten Pelze von haarfeinen radialen Borsten bedeckt, über welchen die Spitzen der colossalen radialen Stabnadeln vorragen. Vergr. 10.

Fig. 2. Zwei einzelne Radial-Tuben (r), welche Embryonen (e) enthalten. *g* Die gastrale Schicht von dünnen Stabnadeln. *b* Die subgastrale Schicht von longitudinalen dicken Stabnadeln. *s* Die radialen colossalen Stabnadeln, welche aussen weit vorragen. *d* Die dermale Decke von facialen haarfeinen Stabnadeln. *h* Der epidermale Borstenpelz von haarfeinen radialen Stabnadeln. Vergr. 50.

Fig. 3. Eine amoeboide Eizelle, umherkriechend. Das hyaline Exoplasma hat sich ganz auf der einen Seite (rechts) angesammelt und bildet hier höckerige Vorsprünge. Vergrösserung 300.

Fig. 4—8. Reguläre Furchung. Fig. 4. Die ungetheilte Eizelle. Fig. 5. Zweitheilung derselben. Fig. 6. Viertheilung. Fig. 7. Stadium mit 8 Furchungszellen. Fig. 8. Stadium mit 16 Furchungszellen. Vergr. 300.

Fig. 9—13. Abnormitäten der regulären Furchung. Fig. 9. Stadium mit 3 Furchungszellen. Fig. 10. Stadium mit 5 Furchungszellen. Fig. 11. Stadium mit 6 Furchungszellen. Fig. 12. Stadium mit 7 Furchungszellen. Fig. 13. Stadium mit 12 Furchungszellen. Vergr. 300.

Fig. 14. Eine Flimmerlarve mit Magenhöhle und Mundöffnung (*Gastrula*) von der Aussenfläche. Oben im oralen Theile sind die dunkeln grossen Entoderm-Zellen in der Umgebung der Mundöffnung, unten im aboralen Theile die hellen kleinen Geisselzellen des Exoderms von der Fläche sichtbar. Vergr. 400.

Fig. 15. Dieselbe Flimmerlarve (*Gastrula*) im optischen Längsschnitt, um die Magenhöhle und Mundöffnung zu zeigen. Vergr. 400.

Fig. 16. Ein kleines Stück von der Magenwand der Flimmerlarve (*Gastrula*) in Fig. 14. und 15. Unten sind 3 grosse dunkle rundliche Entoderm-Zellen, oben 9 geisseltragende helle cylindrische Exoderm-Zellen sichtbar. Vergr. 1000.

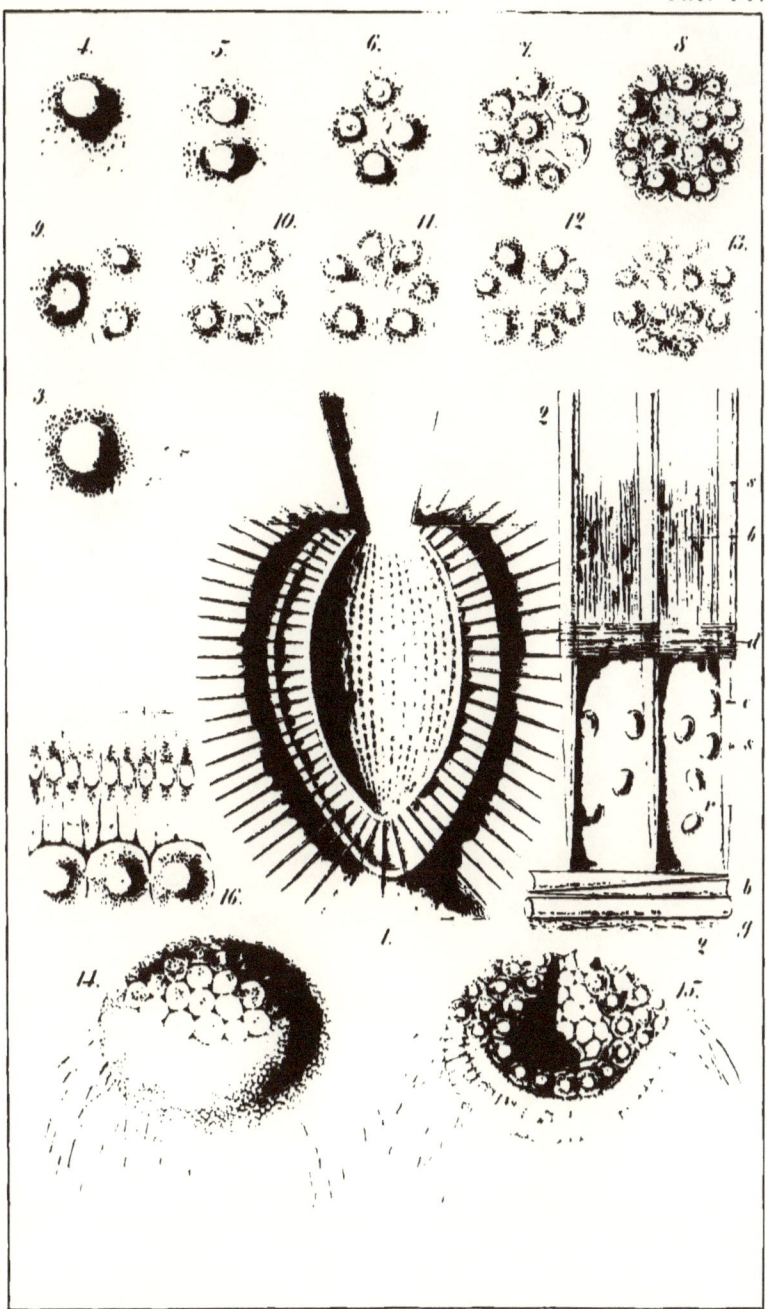

Erklärung der Tafel 45.

Familie: Sycones.

Genus: Sycaltis.

Species:
Sycaltis conifera.

(Anatomie.)

Tafel 45.

Fig. 1—3. **Sycaltis conifera** (System p. 261).

Fig. 1. Eine einzelne Person mit nackter Mundöffnung (*Sycurus conifer*). Aus der vorderen Körperwand ist ein grosses Stück ausgeschnitten, um in die Magenhöhle hineinzusehen, an deren Gastralfläche die Gastral-Ostien der freien conischen Radial-Tuben sichtbar sind. Vergr. 10.

Fig. 2. Ein einzelner Radial-Tubus. Zwischen den sagittalen Dreistrahlern des Exoderms sind die Hautporen sichtbar. Vergr. 200.

Fig. 3. Ein Stückchen Magenwand, von der Gastralfläche betrachtet. Zwischen den sagittalen Vierstrahlern sind die Gastral-Ostien von zwei Radial-Tuben sichtbar. Vergrösserung 200.

Fig. 4—7. **Sycaltis glacialis** (System p. 269).

Fig. 4. Eine einzelne Person mit nackter Mundöffnung (*Sycurus glacialis*). Vergr. 2.

Fig. 5. Skelet eines Radial-Tubus. *a* Apical-Schenkel der gastralen Vierstrahler (*m — n*). *f* Centrifugale Basal-Schenkel der subgastralen Dreistrahler (g). *p* Centripetale Basal-Schenkel der subdermalen Dreistrahler (t). *d* Dermale Dreistrahler. Vergr. 100.

Fig. 6. Ein Stückchen Magenwand, von der Gastralfläche betrachtet. Zwischen den sagittalen Vierstrahlern sind die Gastral-Ostien von 4 Radial-Tuben sichtbar. Vergr. 100.

Fig. 7. Ein Stückchen Dermalfläche, mit 5 sagittalen Dreistrahlern. Vergr. 100.

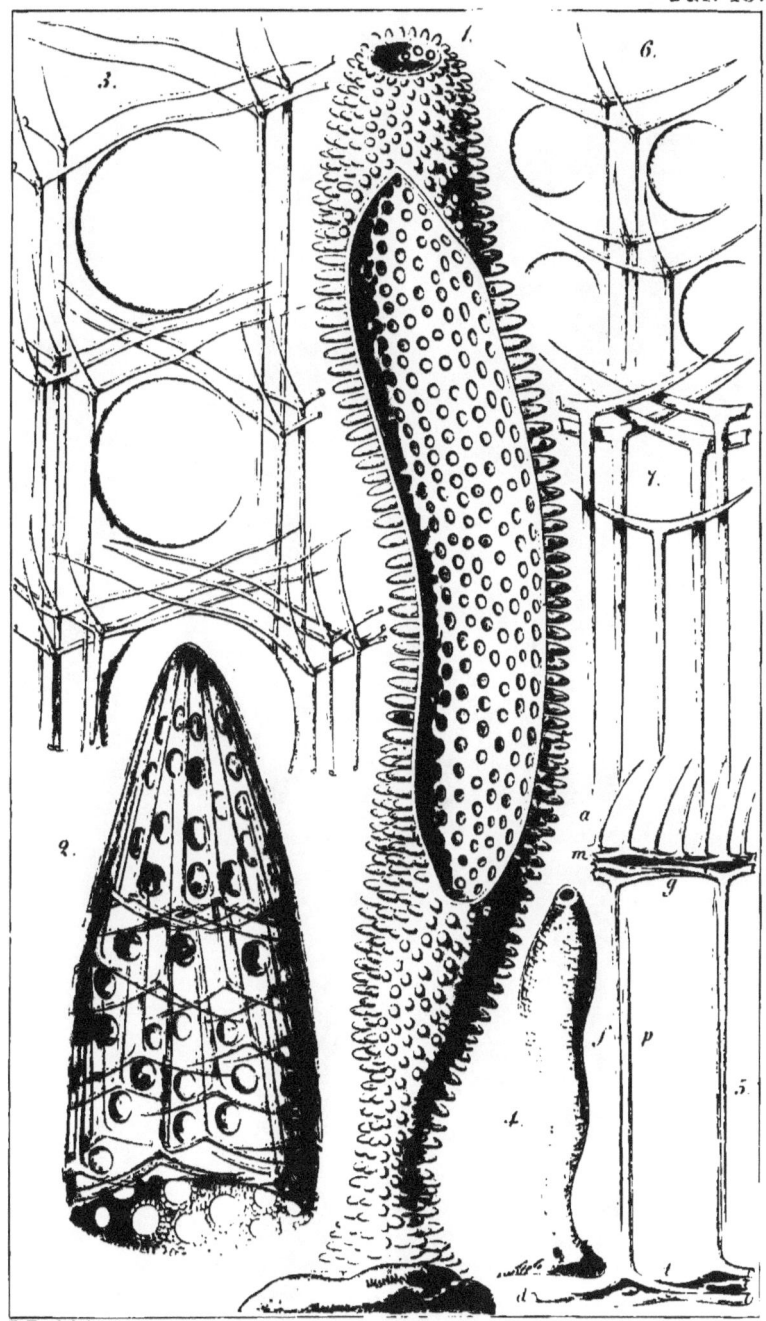

Erklärung der Tafel 46.

Familie: Sycones.

Genus: Sycaltis.

Species:

Sycaltis perforata.

(Anatomie.)

Tafel 46.

Sycaltis perforata (System p. 266).

Fig. 1—5 sind 3 mal. Fig. 6—9 sind 100 mal vergrössert.

Fig. 1. Eine einzelne Person mit nackter Mundöffnung (*Sycarus perforatus*). Vergr. 3.

Fig. 2. Dieselbe Person im Längsschnitt. Vergr. 3.

Fig. 3. Ein Stock mit zwei nacktmündigen Personen (*Sycothamnus perforatus*). Vergr. 3.

Fig. 4. Derselbe Stock im Längsschnitt. Vergr. 3.

Fig. 5. Ein Stock mit drei Personen (*Sycothamnus perforatus*). Vergr. 3.

Fig. 6. Ein Stück von der Gastralfläche, mit 3 ganzen und 3 halben Gastral-Ostien Vergrösserung 100.

Fig. 7. Ein einzelner Radial-Tubus, von aussen gesehen. Vergr. 100.

Fig. 8. Ein einzelner Radial-Tubus, der Länge nach aufgeschnitten. Vergr. 100.

Fig. 9. Ein Stück von der Dermalfläche, mit 6 Dermal-Ostien. Vergr. 100.

Erklärung der Tafel 47.

Familie: Sycones.

Genus: Sycaltis.

Species:

S. ovipara.   S. testipara.

(Anatomie.)

Tafel 47.

Fig. 1, 2, 3 und 7 sind 2 mal, die übrigen Figuren 70 mal vergrössert.

Fig. 1—6. **Sycaltis testipara** (System p. 271).

Fig. 1. Eine einzelne Person mit nackter Mundöffnung (*Sycurus testiparus*). Vergr. 2.

Fig. 2. Dieselbe Person, der Länge nach aufgeschnitten, um die Magenhöhle und die Radial-Tuben zu zeigen. Vergr. 2.

Fig. 3. Ein aus vier nacktmündigen Personen zusammengesetzter Stock (*Sycothamnus testiparus*). Vergr. 2.

Fig. 4. Ein Stückchen der Magenfläche, mit 5 Gastral-Ostien. Vergr. 70.

Fig. 5. Zwei Radial-Tuben, von denen der eine 4, der andere 5 kalkschalige Eier enthält. Oben ist die Gastralfläche, unten die Dermalfläche im Profil sichtbar. Vergr. 70.

Fig. 6. Ein Stückchen Dermalfläche. Zwischen den Hautporen sind die kleinen dermalen Dreistrahler und darunter die Facial-Strahlen der grossen subdermalen Vierstrahler sichtbar. Vergr. 70.

Fig. 7—10. **Sycaltis ovipara** (System p. 274).

Fig. 7. Eine einzelne Person mit nackter Mundöffnung (*Sycurus oriparus*). Vergr. 2.

Fig. 8. Ein Stückchen der Magenfläche mit 4 Gastral-Ostien. Vergr. 70.

Fig. 9. Zwei Radial-Tuben, von denen der eine 5, der andere 6 kalkschalige Eier enthält. Oben ist die Gastralfläche, unten die Dermalfläche im Profil sichtbar. Vergrösserung. 70.

Fig. 10. Ein Stückchen Dermalfläche. Zwischen den Hautporen sind die kleinen dermalen Dreistrahler und darunter die Facial-Strahlen der grossen subdermalen Vierstrahler sichtbar. Vergr. 70.

Erklärung der Tafel 48.

Familie: Sycones.

Genus: Sycortis.

Species:

S. lingua. S. quadrangulata.

(Anatomie.)

Tafel 48.

Fig 1. 2. **Sycortis lingua** (System p. 278).

Fig. 1. Ein einzelner Radial-Tubus (t) mit seinem Skelet. g Gastrale Basis desselben. d Distaler Conus desselben. s Bündel von Stabnadeln, auf dem Distal-Conus aufsitzend. Vergr. 100.

Fig. 2. Ein Stückchen der Gastralfläche, mit den elliptischen Gastral-Ostien von zwei Radial-Tuben. Vergr. 100.

Fig. 3—10. **Sycortis quadrangulata** (System p. 280).

Fig. 3. Ein einzelner Radial-Tubus (t) mit seinem Skelet. g Gastrale Basis desselben. d Distaler Conus desselben. s Bündel von Stabnadeln, auf dem Distal-Conus aufsitzend. Vergr. 100.

Fig. 4. Ein Stückchen der Gastralfläche, mit den kreisrunden Gastral-Ostien von mehreren Radial-Tuben. Vergr. 100.

Fig. 5. Querschnitt durch eine dermale Stabnadel, um die Zusammensetzung derselben aus dünnen concentrischen Lamellen zu zeigen. Vergr. 700.

Fig. 6. Eine Eizelle, welche von zahlreichen Spermazellen befruchtet wird. Vergr. 700.

Fig. 7. Drei einzelne Spermazellen. Vergr. 1600.

Fig. 8. Querschnitt durch einen einzelnen Radial-Tubus (senkrecht auf dessen radialer Axe). Die Kalkerde der Spicula ist durch Essigsäure entfernt. e Exoderm. i Geisselzellen des Entoderm. z Samenballen (Sperma-Mutterzellen?). g Eier. Vergr. 300.

Fig. 9. Querschnitt durch eine einzelne rüsselmündige Person (*Syconella quadrangulata*). Der dunkle schmale Ring, welcher den kreisrunden Querschnitt der Magenhöhle (v) umgrenzt, ist das geschichtete Gastral-Skelet (g). Am Distal-Conus jedes Radial-Tubus ist ein Bündel von wenigen dermalen Stabnadeln sichtbar. Vergr. 15.

Fig. 10. Ein junger regulärer Dreistrahler aus der Gastralfläche, isolirt, mit zahllosen, äusserst feinen und senkrecht abstehenden Fäden (Pseudopodien eines dünnen Sarcodine-Ueberzuges?) bedeckt. Vergr. 1000.

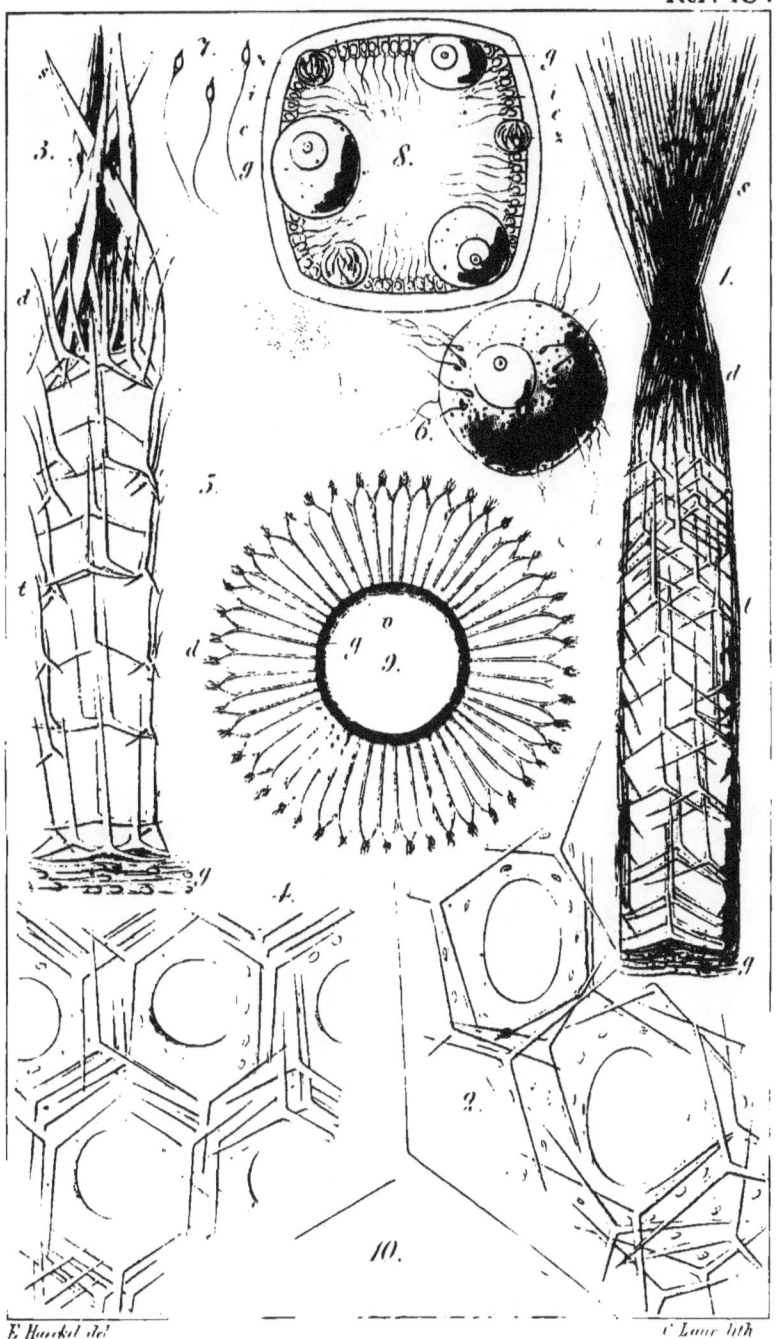

Erklärung der Tafel 49.

Familie: Sycones.

Genus: Sycortis.

Species:
Sycortis laevigata.

(Anatomie.)

Tafel 49.

Sycortis laevigata (System p. 285).

Fig. 1. Eine einzelne Person mit nackter Mundöffnung (*Sycurus laevigatus*). Aus der Mitte der vorderen Körperwand ist ein grosses Stück ausgeschnitten, um in die Magenhöhle hineinzusehen. An der inneren Magenfläche sind die etwas unregelmässigen Gastral-Ostien der Radial-Tuben, auf dem Längsschnitte der Magenwand die Radial-Tuben selbst sichtbar. Vergr. 6.

Fig. 2. Ein Stückchen Gastralfläche, mit den Gastral-Ostien von 8 Radial-Tuben. Vergrösserung 100.

Fig. 3. Skelet von 2 Radial-Tuben. Unten sind die gastralen und subgastralen Dreistrahler sichtbar, in der Mitte die tubaren Dreistrahler, welche hier 4 Glieder bilden, und oben die dermalen Dreistrahler, welche durch den umhüllenden Stäbchen-Mörtel von winzigen Stabnadeln fast ganz verdeckt werden. Vergr. 100.

Fig. 4. Ein Stückchen Dermalfläche. Zwischen den Hautporen sind die Bündel der dermalen Dreistrahler sichtbar, welche durch den Stäbchen-Mörtel der winzigen Stabnadeln verkittet und umhüllt sind. Vergr. 100.

Fig. 5—7. Drei gastrale Dreistrahler. Vergr. 300.

Fig. 8—10. Drei tubare Dreistrahler (Fig. 8 aus dem subgastralen, Fig. 9 aus dem mittleren, Fig. 10 aus dem subdermalen Theile eines Tubus). Vergr. 300.

Fig. 11, 12. Zwei dermale Dreistrahler. Vergr. 300.

Fig. 13. Gruppe von sieben winzigen dermalen Stabnadeln. Vergr. 300.

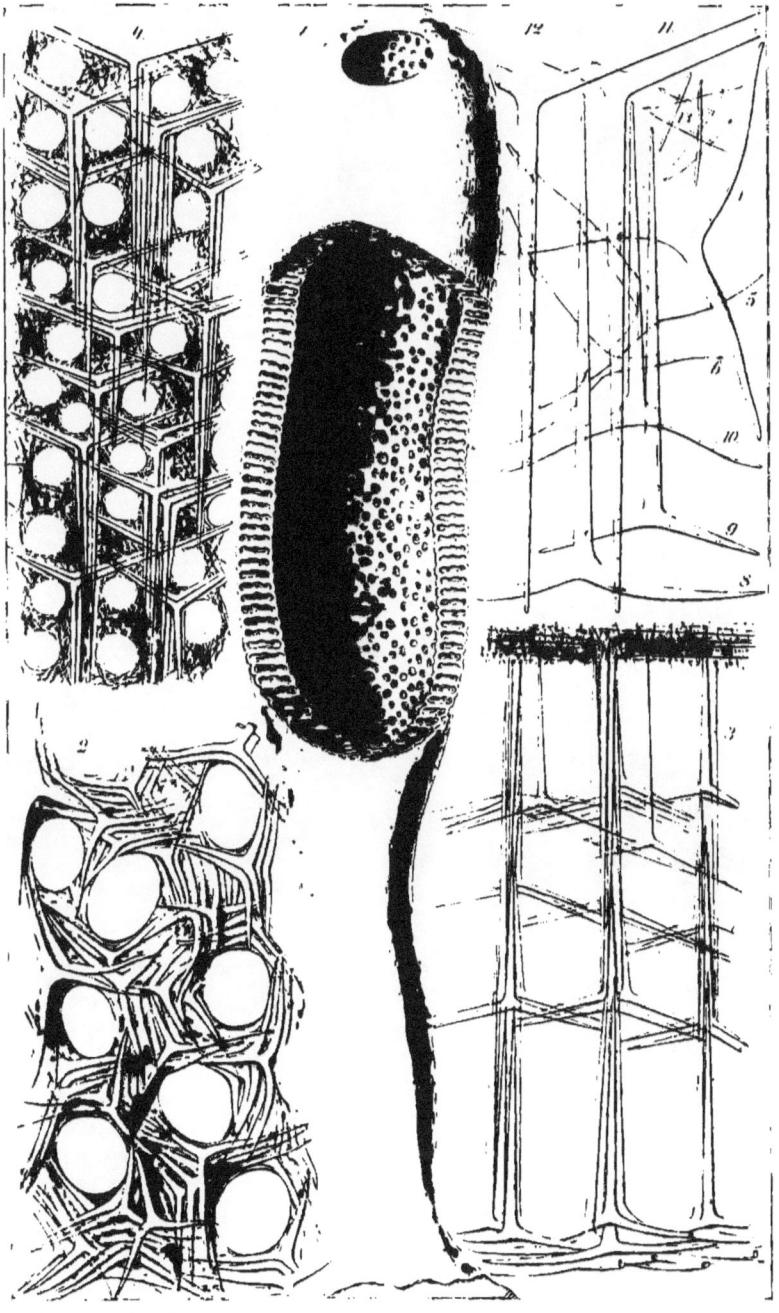

Erklärung der Tafel 50.

Familie: Sycones.

Genus: Syculmis.

Species:

Syculmis synapta.

(Anatomie.)

Tafel 50.

Syculmis synapta (System p. 288).

Fig. 1. Eine einzelne Person mit bekränzter Mundöffnung (*Sycarium synapta*). Oben ist die trichterförmige Peristom-Krone, unten der pinselförmige Wurzelschopf sichtbar, mittelst dessen der Schwamm frei im Schlamme steckt. Vergr. 10.

Fig. 2. Ein Stückchen Gastral-Skelet. Die freien Apical-Schenkel der sagittalen Vierstrahler sind oralwärts gekrümmt; der basale Schenkel aboral nach abwärts gerichtet. Vergrösserung 200.

Fig. 3. Ein Stückchen Dermal-Skelet. Die geraden Basal-Schenkel der sagittalen Vierstrahler sind aboral nach abwärts gerichtet; die beiden Lateral-Schenkel divergiren nach oben oralwärts; der Apical-Schenkel (dunkel und verkürzt gesehen) springt centripetal in die Magenwand vor. Vergr. 200.

Fig. 4. Ein Stückchen Magenwand (aus dem oralen Theile der Person) im Längsschnitt. Man sieht das Skelet von 5 Radial-Tuben (r); rechts die dermale Fläche (d); links die gastrale Fläche im Profil (*m—n*). *g* Subgastrale Vierstrahler. *a* Apical-Schenkel der gastralen Vierstrahler. Vergr. 100.

Fig. 5. Die aborale Basis des Körpers, mit der Insertion des Wurzelschopfs (Skelet). *e* Grund der Magenhöhle. *r* Radial-Tuben. *d* Die dermalen Vierstrahler, welche unten in die dreizähnigen Anker-Nadeln übergehen und mit Stabnadeln gemischt den Wurzelschopf bilden. Vergr. 100.

Fig. 6. Acht einzelne ankerförmige oder quirlförmige Vierstrahler (dreizähnige Anker) aus dem Wurzelschopfe. Vergr. 600.

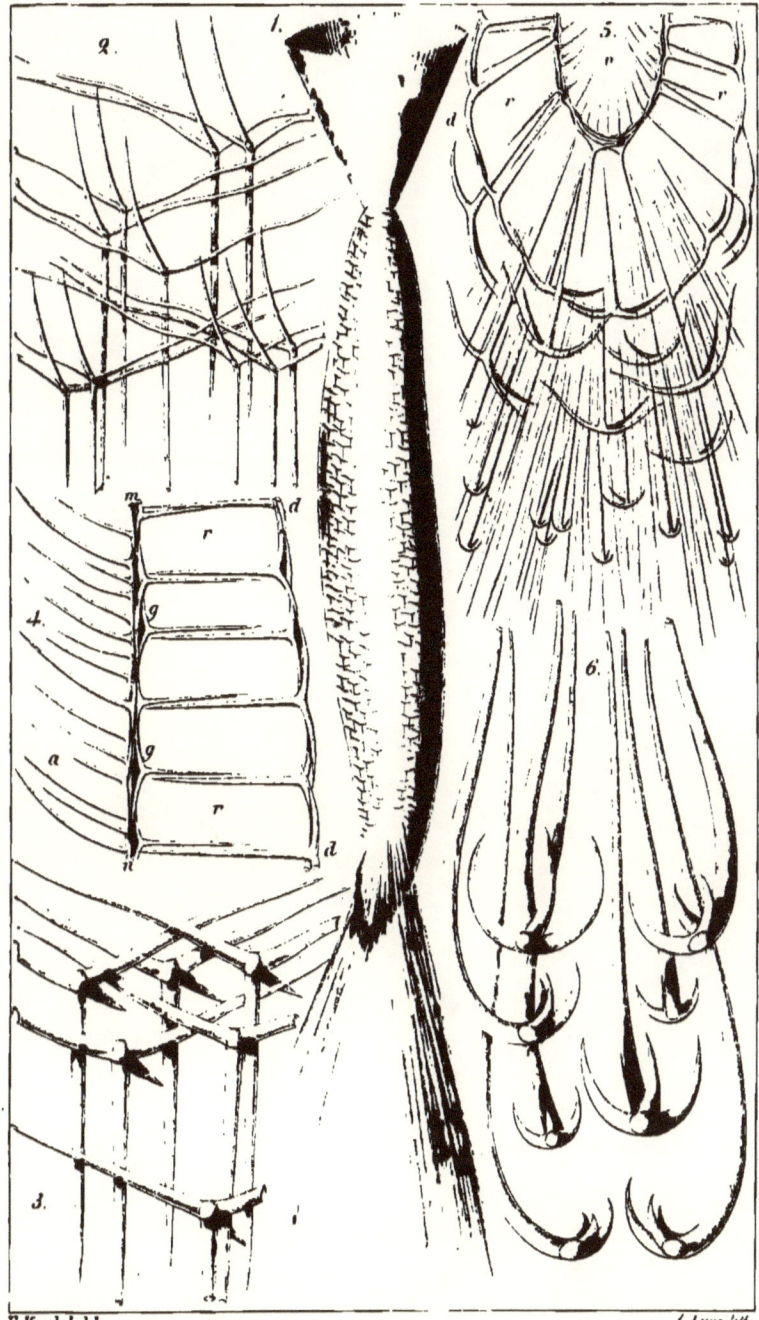

E. Haeckel del.

C. Lune lith.

Erklärung der Tafel 51.

Familie: Sycones.

Genus: Sycandra.

Species:

S. ciliata.   S. coronata.   S. capillosa.

(Spicula des Skelets.)

Tafel 51.

Spicula des Genus Sycandra (I).

Alle Figuren sind 200mal vergrössert.

Fig. 1. **Sycandra ciliata** (System p. 296).
Fig. 2. **Sycandra coronata** (System p. 304).
Fig. 3. **Sycandra capillosa** (System p. 317).

Die Nadeln sind sämmtlich in derjenigen natürlichen Lagerung abgebildet, welche sie auf dem Längsschnitt eines horizontal liegenden Radial-Tubus einnehmen, dessen Gastral-Ende nach dem linken, dessen Dermal-Ende nach dem rechten Rande der Tafel gerichtet ist. Daher ist der centrifugale Basal-Schenkel der tubaren Dreistrahler horizontal nach rechts, dagegen ihre beiden divergirenden Lateral-Schenkel nach links gerichtet (der orale nach oben, der aborale nach unten). Diejenigen tubaren Dreistrahler, welche in der Mitte und im grössten Theile der Tuben-Wand liegen, sind mit t bezeichnet; die distalen Dreistrahler, welche am äusseren Ende des Tubus (oder am Distal-Conus) liegen, mit d; die proximalen oder subgastralen Dreistrahler, welche am inneren Ende des Tubus, unmittelbar unter der Gastralfläche liegen, mit g. Der verticale Längsschnitt der Gastral-fläche, in welcher die gastralen Dreistrahler und die drei Facial-Schenkel der gastralen Vierstrahler liegen, ist mit m — n bezeichnet, mit m das obere (orale), mit n das untere (aborale) Ende der Schnittlinie. Die Apical-Schenkel der gastralen Vierstrahler, welche (links) frei und meist gekrümmt in die Magenhöhle vorspringen, sind mit a bezeichnet. Die radialen Stabnadeln, welche in dem dermalen Bündel am Distal-Ende jedes Radial-Tubus stecken, sind mit s bezeichnet, und zwar ihr inneres (proximales) Ende mit i, ihr äusseres (distales) Ende mit e.

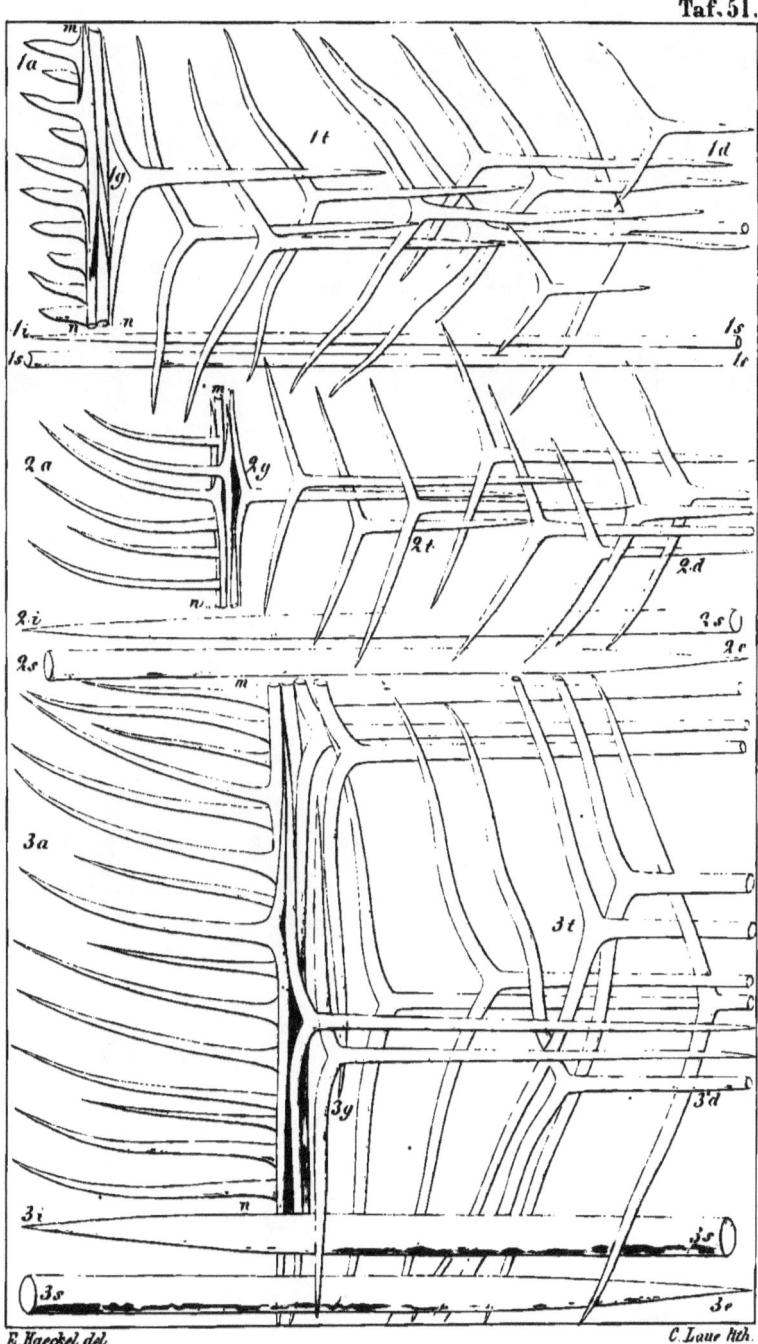

Erklärung der Tafel 52.

Familie: Sycones.

Genus: Sycandra.

Species:

S. Schmidtii.   S. ampulla.   S. villosa.

(Spicula des Skelets.)

Tafel 52.

Spicula des Genus Sycandra (II).

Alle Figuren sind 200 mal vergrössert.

Fig. 1. **Sycandra Schmidtii** (System p. 328).
Fig. 2. **Sycandra ampulla** (System p. 308).
Fig. 3. **Sycandra villosa** (System p. 325).

Die Nadeln sind sämmtlich in derjenigen natürlichen Lagerung abgebildet, welche sie auf dem Längsschnitt eines horizontal liegenden Radial-Tubus einnehmen, dessen Gastral-Ende nach dem linken, dessen Dermal-Ende nach dem rechten Rande der Tafel gerichtet ist. Daher ist der centrifugale Basal-Schenkel der tubaren Dreistrahler horizontal nach rechts, dagegen ihre beiden divergirenden Lateral-Schenkel nach links gerichtet (der orale nach oben, der aborale nach unten). Diejenigen tubaren Dreistrahler, welche in der Mitte und im grössten Theile der Tuben-Wand liegen, sind mit *t* bezeichnet; die distalen Dreistrahler, welche am äusseren Ende des Tubus (oder am Distal-Conus) liegen, mit *d*; die proximalen oder subgastralen Dreistrahler, welche am inneren Ende des Tubus, unmittelbar unter der Gastralfläche liegen, mit *g*. Der verticale Längsschnitt der Gastralfläche, in welcher die gastralen Dreistrahler und die drei Facial-Schenkel der gastralen Vierstrahler liegen, ist mit *m — n* bezeichnet, mit *m* das obere (orale), mit *n* das untere (aborale) Ende der Schnittlinie. Die Apical-Schenkel der gastralen Vierstrahler, welche (links) frei und meist gekrümmt in die Magenhöhle vorspringen, sind mit *a* bezeichnet. Die radialen Stabnadeln, welche in dem dermalen Bündel am Distal-Ende jedes Radial-Tubus stecken, sind mit *s* bezeichnet, und zwar ihr inneres (proximales) Ende mit *i*, ihr äusseres (distales) Ende mit *e*. Die drei sagittalen Dreistrahler in Fig. 2p sind aus dem langen dünnen Stiel, welcher die Varietät *petiolata* von *Sycandra ampulla* auszeichnet; ihr aboraler Basal-Schenkel ist nach links, ihre beiden oralen Lateral-Schenkel nach rechts gerichtet.

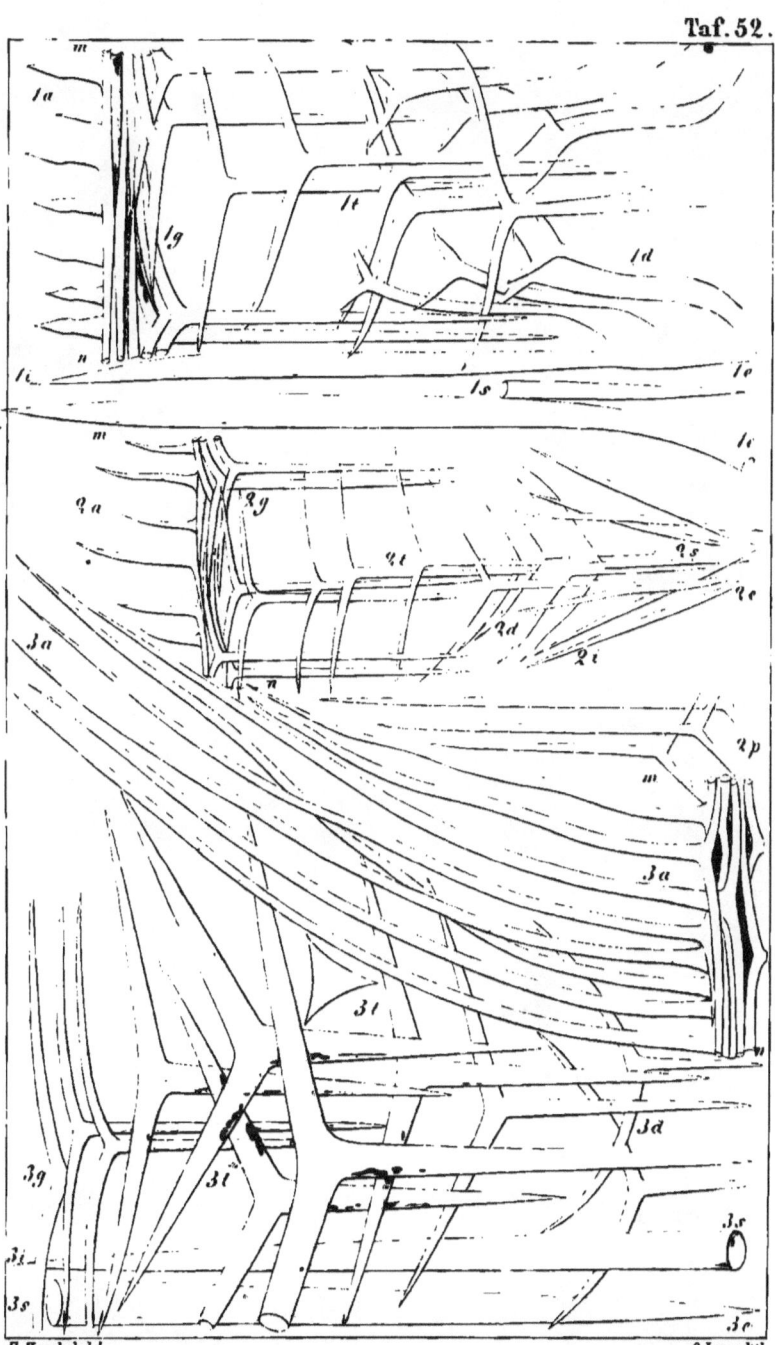

E. Haeckel del.

C. Lune lith

Erklärung der Tafel 53.

Familie: Sycones.

Genus: Sycandra.

Species:

S. arborea. S. alcyoncellum. S. setosa. S. raphanus.

(Spicula des Skelets.)

Tafel 53.

Spicula des Genus Sycandra (III).

Alle Figuren sind 200 mal vergrössert.

Fig. 1. **Sycandra arborea** (System p. 331).
Fig. 2. **Sycandra alcyoncellum** (System p. 333).
Fig. 3. **Sycandra setosa** (System p. 322).
Fig. 4. **Sycandra raphanus** (System p. 312).

Die Nadeln sind sämmtlich in derjenigen natürlichen Lagerung abgebildet, welche sie auf dem Längsschnitt eines horizontal liegenden Radial-Tubus einnehmen, dessen Gastral-Ende nach dem linken, dessen Dermal-Ende nach dem rechten Rande der Tafel gerichtet ist. Daher ist der centrifugale Basal-Schenkel der tubaren Dreistrahler horizontal nach rechts, dagegen ihre beiden divergirenden Lateral-Schenkel nach links gerichtet (der orale nach oben, der aborale nach unten). Diejenigen tubaren Dreistrahler, welche in der Mitte und im grössten Theile der Tuben-Wand liegen, sind mit *t* bezeichnet; die distalen Dreistrahler, welche am äusseren Ende des Tubus (oder am Distal-Conus) liegen, mit *d*; die proximalen oder subgastralen Dreistrahler, welche am inneren Ende des Tubus, unmittelbar unter der Gastralfläche liegen, mit *g*. Der verticale Längsschnitt der Gastralfläche, in welcher die gastralen Dreistrahler und die drei Facial-Schenkel der gastralen Vierstrahler liegen, ist mit *m—n* bezeichnet, mit *m* das obere (orale), mit *n* das untere (aborale) Ende der Schnittlinie. Die Apical-Schenkel der gastralen Vierstrahler, welche (links) frei und meist gekrümmt in die Magenhöhle vorspringen, sind mit *a* bezeichnet. Die radialen Stabnadeln, welche in dem dermalen Bündel am Distal-Ende jedes Radial-Tubus stecken, sind mit *s* bezeichnet, und zwar ihr inneres (proximales) Ende mit *i*, ihr äusseres (distales) Ende mit *e*.

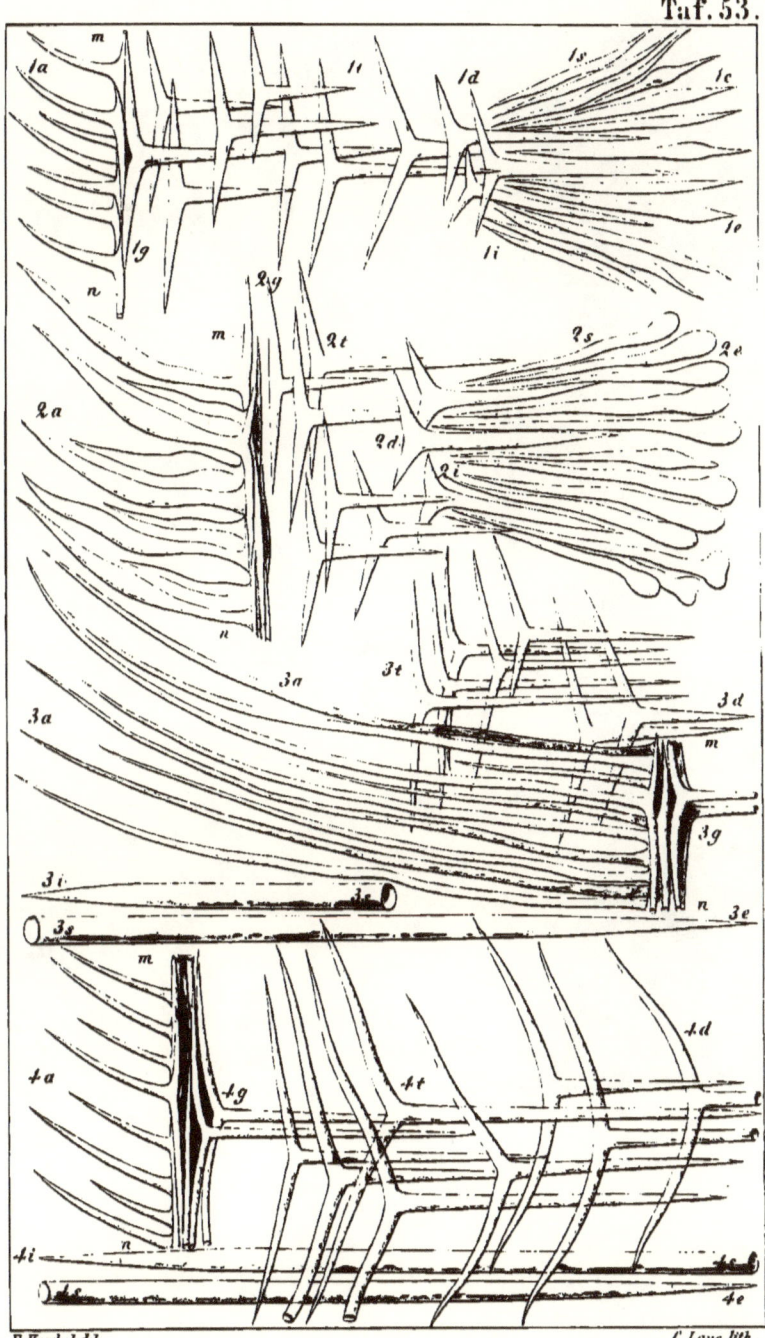

E Haeckel del.

C Laue lith.

Erklärung der Tafel 54.

Familie: Sycones.

Genus: Sycandra.

Species:

S. ramosa.   S. Humboldtii.   S. elegans.

(Spicula des Skelets.)

Tafel 54.

Spicula des Genus Sycandra (IV).

Alle Figuren sind 200 mal vergrössert.

Fig. 1. **Sycandra ramosa** (System p. 358).
Fig. 2. **Sycandra Humboldtii** (System p. 344).
Fig. 3. **Sycandra elegans** (System p. 338).

Die Nadeln sind sämmtlich in derjenigen natürlichen Lagerung abgebildet, welche sie auf dem Längsschnitt eines horizontal liegenden Radial-Tubus einnehmen, dessen Gastral-Ende nach dem linken, dessen Dermal-Ende nach dem rechten Rande der Tafel gerichtet ist. Daher ist der centrifugale Basal-Schenkel der tubaren Dreistrahler horizontal nach rechts, dagegen ihre beiden divergirenden Lateral-Schenkel nach links gerichtet (der orale nach oben, der aborale nach unten). Diejenigen tubaren Dreistrahler, welche in der Mitte und im grössten Theile der Tuben-Wand liegen, sind mit t bezeichnet; die distalen Dreistrahler, welche am äusseren Ende des Tubus (oder am Distal-Conus) liegen, mit d; die proximalen und subgastralen Dreistrahler, welche am inneren Ende des Tubus, unmittelbar unter der Gastralfläche liegen, mit g. Der verticale Längsschnitt der Gastralfläche, in welcher die gastralen Dreistrahler und die drei Facial-Schenkel der gastralen Vierstrahler liegen, ist mit $m — n$ bezeichnet, mit m das obere (orale), mit n das untere (aborale) Ende der Schnittlinie. Die Apical-Schenkel der gastralen Vierstrahler, welche (links) frei und meist gekrümmt in die Magenhöhle vorspringen, sind mit a bezeichnet. Die radialen Stabnadeln, welche in dem dermalen Bündel am Distal-Ende jedes Radial-Tubus stecken, sind mit s bezeichnet, und zwar ihr inneres (proximales) Ende mit i, ihr äusseres (distales) Ende mit e. Die Figuren 2o und 3o stellen den zierlichen, einer Blumenkrone ähnlichen Schopf von Stabnadeln dar, welcher bei *S. Humboldtii* und *S. elegans* sich am distalen Conus jedes Radial-Tubus findet, umgeben von einem Kranze eigenthümlicher distaler Dreistrahler (2d, 3d).

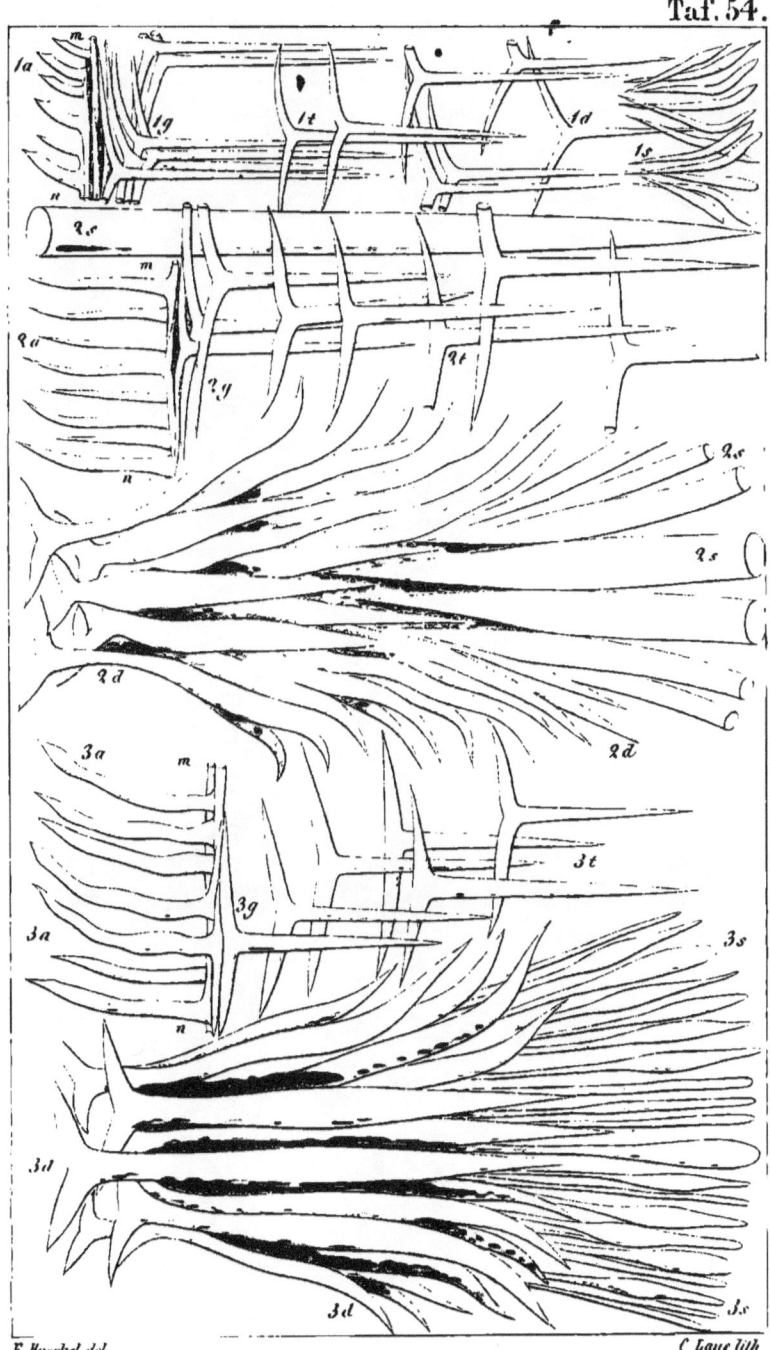

E Haeckel del.

C Laue lith.

Erklärung der Tafel 55.

Familie: Sycones.

Genus: Sycandra.

Species:

S. arctica.   S. compressa.   S. utriculus.

(Spicula des Skelets.)

Tafel 55.

Spicula des Genus Sycandra (V).

Alle Figuren sind 200 mal vergrössert.

Fig. 1. **Sycandra arctica** (System p. 353).
Fig. 2. **Sycandra compressa** (System p. 360).
Fig. 3. **Sycandra utriculus** (System p. 370).

Die Nadeln sind sämmtlich in derjenigen natürlichen Lagerung abgebildet, welche sie auf dem Längsschnitt eines horizontal liegenden Radial-Tubus einnehmen, dessen Gastral-Ende nach dem linken, dessen Dermal-Ende nach dem rechten Rande der Tafel gerichtet ist. Daher ist der centrifugale Basal-Schenkel der tubaren Dreistrahler horizontal nach rechts, dagegen ihre beiden divergirenden Lateral-Schenkel nach links gerichtet (der orale nach oben, der aborale nach unten). Diejenigen tubaren Dreistrahler, welche in der Mitte und im grössten Theile der Tuben-Wand liegen, sind mit *t* bezeichnet; die distalen Dreistrahler, welche am äusseren Ende des Tubus (oder am Distal-Conus) liegen, mit *d*: die proximalen oder subgastralen Dreistrahler, welche am inneren Ende des Tubus, unmittelbar unter der Gastralfläche liegen, mit *g*. Der verticale Längsschnitt der Gastralfläche, in welcher die gastralen Dreistrahler und die drei Facial-Schenkel der gastralen Vierstrahler liegen, ist mit *m—n* bezeichnet, mit *m* das obere (orale), mit *n* das untere (aborale) Ende der Schnittlinie. Die Apical-Schenkel der gastralen Vierstrahler, welche (links) frei und meist gekrümmt in die Magenhöhle vorspringen, sind mit *a* bezeichnet. Die radialen Stabnadeln, welche in dem dermalen Bündel am Distal-Ende jedes Radial-Tubus stecken, sind mit *s* bezeichnet, und zwar ihr inneres (proximales) Ende mit *i*, ihr äusseres (distales) Ende mit *e*. Fig. 1 *r* sind tubare Vierstrahler von *S. utriculus*. In Fig. 2 *s* sind die dermalen Stabnadeln verschiedener Varietäten von *S. compressa* abgebildet, nämlich 2 *sf* von *S. foliacea*, 2 *sp* von *S. pennigera*, 2 *sc* von *S. clavigera* und 2 *sr* von *S. rhopaloides*. Fig. 3 *f* stellt endogastrische Stabnadeln von *S. utriculus* dar.

E. Haeckel del.

C Laue lith.

Erklärung der Tafel 56.

Familie: Sycones.

Genus: Sycandra.

Species:

S. glabra. S. hystrix.

(Spicula des Skelets.)

Tafel 56.

Spicula des Genus Sycandra (VI).

Alle Figuren sind 200 mal vergrössert.

Fig. 1. **Sycandra glabra** (System p. 349).
Fig. 2. **Sycandra hystrix** (System p. 375).

Die Nadeln sind sämmtlich in derjenigen natürlichen Lagerung abgebildet, welche sie auf dem Längsschnitt eines horizontal liegenden Radial-Tubus einnehmen, dessen Gastral-Ende nach dem linken, dessen Dermal-Ende nach dem rechten Rande der Tafel gerichtet ist. Daher ist der centrifugale Basal-Schenkel der tubaren Dreistrahler horizontal nach rechts, dagegen ihre beiden divergirenden Lateral-Schenkel nach links gerichtet (der orale nach oben, der aborale nach unten). 1 g. 2 g Subgastrale Dreistrahler aus dem proximalen Ende der Tuben-Wand. 1 t, 2 t Dreistrahler aus dem mittleren Theile der Tuben-Wand. 2 d Subdermale Dreistrahler aus dem distalen Theile der Tuben-Wand. 2 e Tubare Vierstrahler. m — n Verticaler Längsschnitt der Gastralfläche. 1 a, 2 a Freie, oralwärts gekrümmte Apical-Schenkel der gastralen Vierstrahler. 2 b Subgastrale longitudinale Stabnadeln. 1 s Dermale longitudinale Stabnadeln. 2 s Radiale Stabnadeln, welche fast die ganze Magenwand durchsetzen und aussen weit vorragen. 2 h Radiale Borsten des dermalen Filzes.

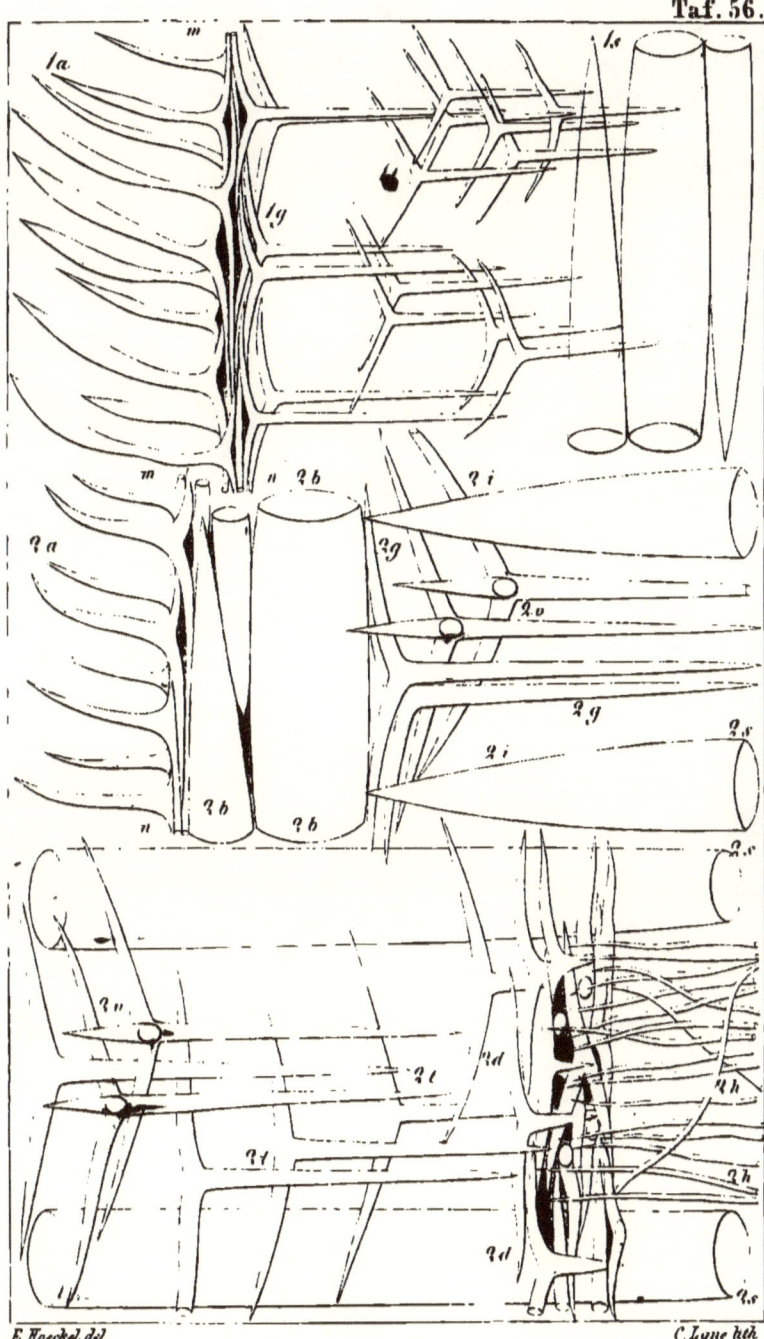

Erklärung der Tafel 57.

Familie: Sycones.

Genus: Sycandra.

Species:

Sycandra compressa.

(Polymorphose.)

Tafel 57.

Sycandra compressa.

Alle Figuren stellen vollständige geschlechtsreife Individuen in natürlicher Grosse dar und repräsentiren die verschiedenen generischen Varietäten dieser höchst polymorphen Art, welche im künstlichen Systeme den Werth von verschiedenen Gattungen haben.

Fig. 1, 2.   **Sycurus compressus.** Einzelne Personen mit nackter Mundöffnung.

Fig. 3, 4.   **Syconella compressa.** Einzelne Personen mit rüsselförmiger Mundöffnung.

Fig. 5, 6.   **Sycarium compressum.** Einzelne Personen mit bekränzter Mundöffnung.

Fig. 7, 8.   **Sycocystis compressa.** Einzelne Personen ohne Mundöffnung.

Fig. 9—16. **Sycothamnus compressus.** Stöcke mit lauter nacktmündigen Personen.

Fig. 17, 18. **Sycinula compressa.** Zwei Stöcke mit lauter rüsselmündigen Personen.

Fig. 19, 20. **Sycodendrum compressum.** Zwei Stöcke mit lauter kranzmündigen Personen.

Fig. 21, 22. **Sycophyllum compressum.** Zwei Stöcke ohne Mundöffnungen.

Fig. 23—25. **Sycometra compressa.** Drei Stöcke, deren Personen und Personen-Gruppen verschiedene Genera des künstlichen Systems repräsentiren. Auf den Stöcken Fig. 23 und 24 sind nacktmündige Personen (*Sycurus*) und rüsselmündige Personen (*Syconella*) vereinigt. Auf dem Stock Fig. 25 kommen dazu noch kranzmündige Personen (*Sycarium*).

18

16

Erklärung der Tafel 58.

Familie: Sycones.

Genus: Sycandra.

Species:

villosa.　S. Schmidtii.　S. elegans.　S. utriculus.　S. alcyoncellum.
S. ampulla.　S. arborea.　S. ramosa.　S. ciliata.

**(Repräsentanten aller Sycon-Genera des künst-
lichen Systems.)**

Tafel 58.

Fig. 1. **Sycurus villosus** (System p. 325). Eine Person mit nackter Mundöffnung. Längsschnitt. Die cylindrische Magenhöhle ist mit Borsten angefüllt. Vergr. 8.

Fig. 2. **Syconella Schmidtii** (System p. 328). Eine Person mit rüsselförmiger Mundöffnung. Durch einen Längsschnitt ist die rechte Hälfte der Magenhöhle und der Magenwand blossgelegt. Vergr. 5.

Fig. 3. **Sycarium elegans** (System p. 338). Eine Person mit bekränzter Mundöffnung. Durch zwei aufeinander senkrechte axiale Längsschnitte ist die rechte Hälfte der Magenhöhle blossgelegt. Rechts sieht man auf dem Längsschnitt der Magenwand die horizontalen Radial-Tuben, an deren äusserem Ende die Distal-Kegel. Vergr. 12.

Fig. 4. **Sycocystis utriculus** (System p. 370). Eine Person ohne Mundöffnung. Längsschnitt. Man sieht das Fachwerk von endogastrischen Scheidewänden und Lamellen, welche die Magenhöhle durchziehen. Vergr. 3.

Fig. 5. **Sycothamnus alcyoncellum** (System p. 333). Ein Stock mit lauter nacktmündigen Personen. Natürliche Grösse.

Fig. 6. **Sycinula ampulla** (System p. 308). Ein Stock mit lauter rüsselmündigen Personen. Vergrösserung 8.

Fig. 7. **Sycodendrum arboreum** (System p. 331). Ein Stock mit lauter kranzmündigen Personen. Natürliche Grösse.

Fig. 8. **Sycophyllum ramosum** (System p. 358). Ein Stock ohne Mundöffnungen. Natürliche Grösse.

Fig. 9. **Sycometra ciliata** (System p. 296). Ein Stock, dessen Personen theils nacktmündig (*Sycurus*), theils rüsselmündig (*Syconella*) und theils kranzmündig sind (*Sycarium*). Vergrösserung 2.

Erklärung der Tafel 59.

Familie: Sycones.

Genus: Sycandra.

Species:

Sycandra hystrix.

(Sycarium-Form.)

Tafel 59.

Sycandra hystrix (System p. 375).

Die Figur stellt das einzige bis jetzt bekannte Exemplar von *Sycandra hystrix* in sechsmaliger Vergrösserung dar. Dasselbe ist eine solitäre Person mit bekränzter Mund-öffnung (*Sycarium hystrix*), gefunden am Cap Agulhas, der südlichsten Spitze von Afrika. Die Person ist durch einen Längsschnitt halbirt, und man sieht in die geöffnete cylindrische Magenhöhle hinein, deren Oberfläche regelmässig längsgestreift erscheint durch die longi-tudinalen Bündel von facialen Stabnadeln (d). Zwischen diesen sieht man die longitudinalen Reihen der Gastral-Ostien (e). Auf dem longitudinalen Durchschnitte der Magenwand erblickt man zu innerst eine doppelte longitudinale Nadel-Schicht, von denen die innere (g) durch die sagittalen Vierstrahler (mit gekrümmten, frei vorspringenden Apical-Schenkeln), die äussere (h) durch die colossalen longitudinalen Stabnadeln gebildet wird. Dann kommen die Durchschnitte der Radial-Tuben (f), welche durch die colossalen radialen Stabnadeln (i) gestützt werden. Die Distal-Fläche der Tuben erscheint durch einen breiten weissen Saum (k) begrenzt, welcher aus einer mehrfach geschichteten Decke von facialen irregu-lären Dreistrahlern besteht. Darüber erhebt sich aussen der dermale Borsten-Pelz (l), welcher aus zahllosen haarfeinen radialen Stabnadeln zusammengesetzt ist. An dem Peristom-Kranze der Mundöffnung aber ist der breite Collar-Ring (c) durch eine scharfe Linie (b) von der freien Ciliar-Krone (a) abgegrenzt. Vergrösserung 6.

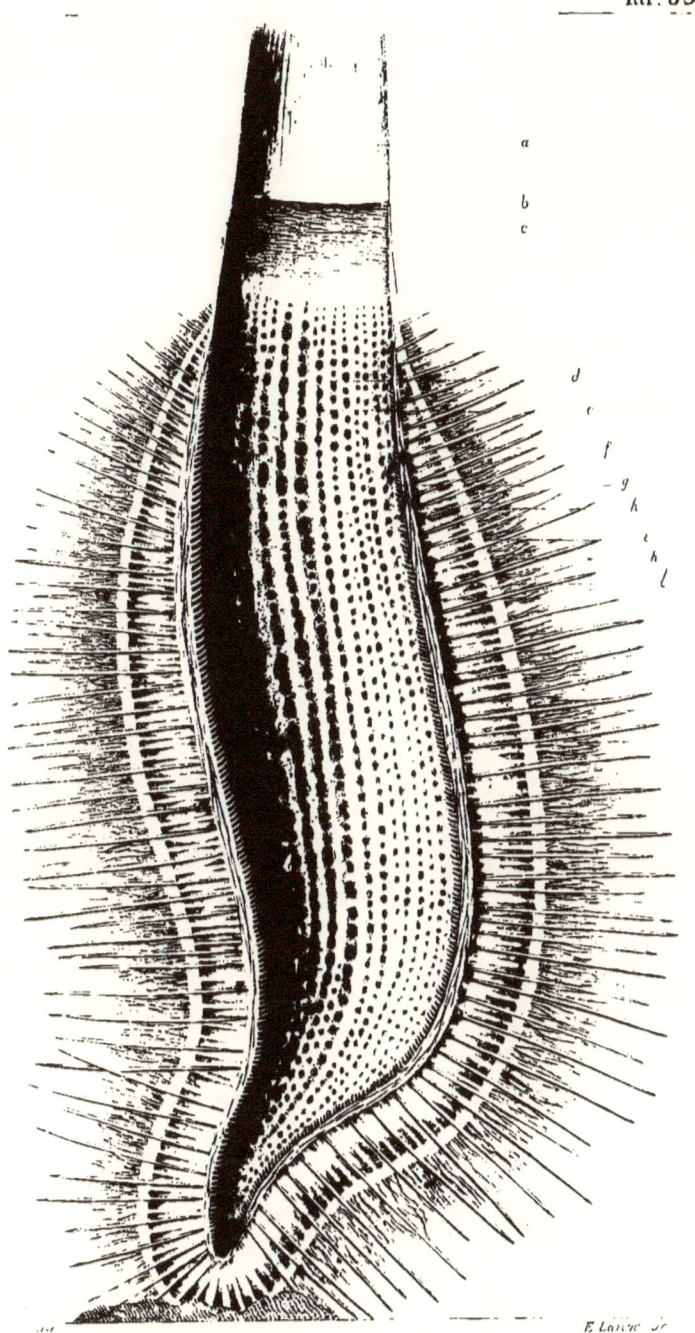

a
b
c

d
e
f
g
h
k
h
l

E. Lange sc.

Erklärung der Tafel 60.

Familie: Sycones.

Genus: Sycandra.

Species:

S. coronata. S. raphanus. S. villosa. S. capillosa. S. setosa.
S. Humboldtii. S. Schmidtii. S. glabra. S. arctica. S. hystrix.

(Schema des Gastrocanal-Systems und des Intercanal-Systems der Syconen.)

Tafel 60.

Canal-System der Syconen.

Schematische Darstellung der verschiedenen Verhältnisse des Gefäss-Systems, und namentlich der Radial-Tuben und der radialen Intercanäle bei den Syconen. Das Exoderm ist durch blaue, das Entoderm durch rothe, und die Hohlräume des Gastrocanal-Systems durch schwarze Farbe bezeichnet. Die Hohlräume des Intercanal-Systems sind weiss.

Fig. 1—6. **Sycandra coronata** (Subgenus: *Sycocarpus*). Ontogenie.

Fig. 1. Flimmernde Larve ohne Mundöffnung (*Planula*). Längsschnitt.

Fig. 2. Flimmernde Larve mit Mundöffnung (*Gastrula*). Längsschnitt.

Fig. 3. Erstes Stadium des festsitzenden jungen Sycon (*Olynthus*). Längsschnitt.

Fig. 4. Primitive Sycon-Form (*Sycurus*), entstanden durch strobiloide Knospung von secundären Olynthen (Radial-Tuben) an der gesammten Dermalfläche des primären Olynthus (Fig. 3). Längsschnitt.

Fig. 5. Dieselbe *Sycurus*-Form (Fig. 4) mit weiter entwickelten, aber freien oder nur an der Basis verwachsenen Radial-Tuben. (Hälfte eines Längsschnittes).

Fig. 6. Quadrant eines Querschnitts derselben *Sycurus*-Form (Fig. 5).

Fig. 7. **Sycandra raphanus** (Subgenus: *Sycocercus*). Quadrant eines Querschnittes. Die Radial-Tuben sind grösstentheils verwachsen; nur die Distal-Kegel (in der Figur zu gross) bleiben frei.

Fig. 8. **Sycandra villosa** (Subgenus: *Sycocercus*). Quadrant eines Querschnittes. Radial-Tuben fast ohne Distal-Kegel.

Fig. 9—10. **Sycandra capillosa** (Subgenus: *Sycocercus*).

Fig. 9. Quadrant eines Querschnittes. Radial-Tuben ohne Distal-Kegel.

Fig. 10. Hälfte eines Längsschnittes. Radial-Tuben ohne Distal-Kegel.

Fig. 11—16. Stücke von sechs Schnitten, welche parallel der Längsaxe durch die Magenwand gelegt sind und senkrecht die Radial-Tuben schneiden (tangential zur Dermalfläche).

Fig. 11. **Sycandra setosa** (Subgenus: *Sycocercus*). Querschnitte der Radial-Tuben sechseckig, mit dreieckigen Intercanälen.

Fig. 12. **Sycandra Humboldtii** (Subgenus: *Sycostrobus*). Querschnitte der Radial-Tuben achteckig, mit viereckigen Intercanälen.

Fig. 13. **Sycandra Schmidtii** (Subgenus: *Sycocubus*). Querschnitte der Radial-Tuben viereckig, mit viereckigen Intercanälen.

Fig. 14. **Sycandra glabra** (Subgenus: *Sycophractus*). Querschnitte der Radial-Tuben cylindrisch, mit cylindrischen Intercanälen.

Fig. 15. **Sycandra arctica** (Subgenus: *Sycodorus*). Querschnitte der Radial-Tuben viereckig, ohne Intercanäle.

Fig. 16. **Sycandra hystrix** (Subgenus: *Sycodorus*). Querschnitte der Radial-Tuben irregulär-polyedrisch, ohne Intercanäle.